Illustrationen Rita Schöning
Text Michael Prittwitz

Herausgeber:
Verlag Anton Plenk
Koch-Sternfeld-Straße 5
83471 Berchtesgaden
Telefon 08652/4474 - Fax 66277
e-mail: Plenk-Verlag@t-online.de
http://www.Plenk-Verlag.com

Bilder: Rita Schöning
Texte: Michael Prittwitz
Gesamtgestaltung: Valentina Plenk
Lithos: Scan Litho Huber, Berchtesgaden
Druck und Verarbeitung: Gorenjski Tisk, Slowenien
1. Auflage Sommer 2002
ISBN 3-927957-38-0

*Zum Andenken
an meine Mama*

Wie entsteht eine Sage...

*Wenn das Handeln eines Menschen sich
über das Gewöhnliche erhebt, werden seine
Taten von den Augenzeugen den
Ferngebliebenen erzählt.*

*Aus Furcht, Bewunderung oder Dankbarkeit
wird so ein Erlebnis immer wieder erzählt
und mit der Zeit verwischt sich der
ursprüngliche Charakter des Erlebten.*

*Die Fantasie der Wiedererzähler schmückt aus,
setzt hinzu oder läßt weg, und
das Bild wird nebelhaft.
Seine Dimensionen steigern sich,
um den Eindruck zu erhöhen,
ins Ungeheuerliche.*

*Das Bedürfnis, die Gottheiten vorstellbar zu
machen, führt dazu, ihnen menschliche
Begierden, Kräfte und Handlungen zu unterlegen.
Die einfache Erzählung wird zur Sage,
welche als Eigentum des Volkes
unvergessen bleibt.*

Inhaltsverzeichnis

Die Salzburger Stierwascher

Es ist wohl schon eine geraume Zeit vergangen seitdem.

Die so schön vor den Bergen gelegene Stadt Salzburg war wieder einmal das Ziel der Begehrlichkeiten wüster Kriegsleute und Plünderer. Mit vielen Reitern und Fußsoldaten waren sie angerückt und versuchten, die Stadt zu erstürmen.

Aber sie hatten nicht mit der Wehrhaftigkeit, Beharrlichkeit und Klugheit der Salzburger gerechnet. Die Belagerung zog sich trotz des Winters über viele Monate hin - und den Feinden gelang nicht der kleinste Fortschritt.

Doch sie hielten durch, denn Salzburg war ein verlockendes Ziel: schön, stark, reich und in einer einmalig günstigen Lage.

Die Stadt - dazumal noch recht klein und verwinkelt - hatte sich wegen der immer wiederkehrenden Angriffe solcher Heer mit mächtigen Mauern umgeben, die gut vor den Attacken der Fremden schützen konnten. Sie umschlossen ein enges Gewirr an verwinkelten Gassen mit schönen Bürgerhäusern und zahlreichen Kirchen.
Mächtig erhob sich schon immer der Burgberg mit der Festung über die Dächer der Häuser.

Als dieses Mal die Salzburger Bürger bemerkten, dass die Fremden nach zahlreichen vergeblichen Anläufen versuchten, sie auszuhungern, war die Bestürzung und Besorgnis der Menschen groß. Sie hatten freilich in ihren Stadtmauern große Vorräte, aber die Angreifer waren beharrlich, und die Reserven schmolzen zusehends dahin.

Die Salzburger
Stierwascher

Schließlich war nur noch ein einziger Stier vom prächtigen Rinderbestand übrig geblieben, aber der war noch stark und gut genährt, hatten sie ihm als Hoffnungsträger doch bisher immer die besten Heuvorräte zukommen lassen. In dieser Situation hatte ein findiger Kopf eine Idee - nicht ganz neu zwar, aber doch immer wieder wirkungsvoll: Man müsste den Gegnern vorspiegeln, dass die Vorräte noch lange reichen und sie dadurch zu entmutigen versuchen.

Gesagt, getan! Mit dem Mut der Verzweiflung führten einige Männer am nächsten Morgen ihren beeindruckenden, braungescheckten Bullen auf die Stadtmauer zum Weiden. Erfreut zog das Tier gemächlich hoch über den Feinden dahin und liess sich das Grün schmecken.

Gegen Abend holten die Männer den Stier wieder in seinen Stall und pinselten ihn mit blendend weisser Farbe vollständig an. Am nächsten Morgen führten sie einen noch mächtiger und schöner wirkenden Prachtbullen auf die Mauer und präsentierten ihn den Feinden in der Hoffnung, dass diese sich davon beeindrucken lassen würden.

Am nächsten Tag vollführten sie in ihrer Not - die bekanntlich erfinderisch macht - das gleiche Spektakel, nur dass sie dieses Mal das mächtige Tier gänzlich schwarz bemalt hatten!
Es war ein großartiger Anblick: Auf der hohen, für den Feind unerreichbaren Mauer der riesige, nochmals gigantischer erscheinende Stier vor der wehrhaften Festung und darüber der noch weiss in der Frühlingssonne erstrahlende Gipfel des Untersberges.

Es war ein herrlicher Morgen, die Vögel zwitscherten, der Wind rauschte leise in den Bäumen hinter der Stadtmauer, die Erwartungen und Hoffnungen der Salzburger waren bis aufs Äußerste gespannt.

Da - plötzlich konnte man beobachten, dass einige Trupps des feindlichen Heeres sich in Richtung auf die Berge in Bewegung setzten, dann die nächsten und weitere und schließlich die letzten Versorgungswagen und schwer bepackten Pferde mit ihren Männern.

Der Jubel der Menschen in der Stadt kannte keine Grenzen. Und so entkräftet sie auch waren, fielen sie sich doch auf den Straßen einander um den Hals, küssten und umarmten sich, tanzten und sangen. Und wenn sie nicht alle so verwahrlost und erschöpft gewesen wären, hätte man meinen können, es sei ein prächtiges Fest.

Nachdem die Kriegsleute gänzlich verschwunden waren, trieben einige Männer den schwarzen Stier zuerst an die Salzach hinab und wuschen ihm die schwarze und die weisse Farbe ab. Sehr glücklich war das Tier darüber nicht, hielt die Prozedur aber doch geduldig aus.
Was blieb ihm auch anderes übrig: Starke Seile und ein großer Nasenring hielten seine Körperkräfte im Zaum! Sein seidiges, braunfleckiges Fell kam wieder zum Vorschein und die Menschen, die in Horden darumstanden, lachten und weinten vor Freude.

Man sagt, bis nach Laufen sei der Fluss mit Seifenschaum bedeckt gewesen. Andere behaupten sogar, noch im weit entfernten Wien habe man Schaumreste auf der Donau bemerkt - aber das dürfte wohl doch etwas übertrieben sein.

Diese Geschichte, die sich rasch im Reich herumsprach, brachte den Salzburgern den Namen „Stierwascher“ ein - teils ein wenig spöttisch, teils bewundernd wurde er gebraucht - und auch heute noch, nach hunderten von Jahren, kennen ihn viele - und manche müssen beim Gedanken an die Schlauheit ihrer Vorfahren schmunzeln …

Die weiße Frau auf Hohensalzburg

Die Erscheinung geheimnisvoller weißer Frauen wird in früherer Zeit immer wieder einmal beschrieben. Manchmal bedeutete dies etwas Gutes, sie halfen und trösteten - meistens aber waren sie Überbringer schlechter Nachrichten. So auch im Fall der weißen Frau auf der Festung Hohensalzburg.
Diese unheimliche Vision wurde von Zeit zu Zeit von verschiedenen Bürgern der Salzachstadt beobachtet. Vor allem in mondhellen Nächten, wenn über den winkeligen Gassen und Plätzen ein fahles, silbriges Licht schwebte und die Menschen die Häuser nur verließen, wenn es unbedingt notwendig war, kam dies vor.
Hoch über den Bürgerhäusern ragte schon in alten Zeiten der Mönchsberg mit dem mächtigen Bau der Feste Hohensalzburg auf. Unerreichbar und geheimnisvoll hoben sich die massiven Burgmauern, die zahllosen Türme und Zinnen im wesenlosen Licht des Mondes gegen den tiefschwarzen Nachthimmel ab. Vor allem ängstlichere Naturen konnten in solchen Nächten eine Vielzahl an Erscheinungen und Visionen vor ihrem inneren oder äußeren Auge erkennen, Angst und Neugierde verbanden sich zu einem untrennbaren Knäuel. Was nur Einbildung war und was vielleicht Wirklichkeit, konnte niemand danach noch so recht sagen…
Das Mondlicht breitete sich gespenstisch aus, warf lange und überlange Schatten. Aus den Büschen um die steilen Burgmauern und aus den unzähligen Öffnungen, Scharten und Fensterchen der Wände und Türme konnte man immer wieder den Ruf der Käuze hören, der uns auch heute noch manchmal mit bangem Unbehagen erfüllt. Wenn in diesen mondhellen Nächten noch ein leiser Windhauch die Luft erfüllte und die fernen Geräusche des Flusses herbeitrug, vielleicht auch die

Die weiße Frau
auf Hohensalzburg

eisige Berührung mit den fernen Schneefeldern übertrug, so dass es den Menschen fröstelig den Rücken herunterlief - dann zeigte sich das gespenstische Wesen immer wieder einmal.
Es wird berichtet, dass eine große, hagere weibliche Gestalt an den Mauern und Türmen entlangglitt, schneeweiß in wallende Gewänder gekleidet. Die ihr Gesicht gesehen haben wollen, sagten, es sei schmal, scharfgeschnitten und ernst gewesen, vielleicht auch mit einem Unheil versprechenden Gesichtsausdruck. Völlig lautlos bewegte sich die Erscheinung im äußeren Bereich der Burganlage, manchmal war sie ganz körperhaft und schien greifbar zu sein, dann wieder bemerkten die Menschen nur einen transparenten Schatten, durch den man Wände und Fenster erkennen konnte. Zwischendurch verschwand sie ganz, um im nächsten Moment an einer anderen Stelle wieder aufzutauchen - genauso gespenstisch und unheimlich wie zuvor. Nie sprach sie zu einem Menschen je ein Wort, nie hörte auch jemand ein Geräusch, das von ihr ausgegangen wäre. Ihre Bewegungen waren sanft und gleitend, nichts Heftiges oder Unwirsches ging von ihr aus, ihre wehenden Gewänder und die ganze Erscheinung zeigte sich eher schön und geheimnisvoll als beängstigend. Manch Mutigere konnten sich sogar an diesem Anblick nicht satt sehen, und es gab gar nicht wenige, die sich das Auftreten dieser Erscheinung insgeheim wünschten; aber die meisten erschraken doch und ängstigten sich. Sie tat aber nie jemandem etwas zuleide - solange die Menschen sie in Ruhe ziehen ließen und nicht versuchten, ihrer habhaft zu werden.
Besonders die Wachen auf der Festung - meist recht derbe Männer, die sicher nicht zu Ängstlichkeit neigten - wurden immer wieder einmal von diesem gespenstischen Erlebnis überrascht. Die meisten waren aber doch über ihren Anblick sehr erschrocken und beobachteten mit einem unruhigen Gefühl und furchtsamer Erwartung die Erscheinung. In den verzweigten Innenhöfen des riesigen Gebäudekomplexes machte sie ihre Runde, und gegen Mitternacht verschwand sie so lautlos wie

sie gekommen war in den weiten Gängen und prächtigen Sälen der Burganlage. Nie wagte einer der Männer sich ihr zu nähern. Nur einmal nahm einer seinen ganzen Mut zusammmen. Als sie in seiner Nähe vorbeischwebte, konnte er sich nicht halten, machte einen heftigen Schritt auf sie zu, spürte einen klammen Hauch und versuchte nach ihr zu greifen. In diesem Moment sahen die anderen, wie sich die Gestalt vor ihm unmittelbar in Nebelfetzen auflöste und verschwand. Der junge Mann griff ins Leere, stürzte und blieb bewusstlos auf dem Erdboden liegen.
Erschrocken eilten die Kameraden zu ihm, aber er war nicht ansprechbar, stundenlang lag er da wie ein Toter. Ein zaghafter Atemhauch aus seinem Mund zeigte ihnen aber, dass er noch am Leben war - und so wagten sie nicht, ihn weiter zu berühren. Erst nach Stunden sei er allmählich erwacht, wird berichtet. Er war orientierungslos und begann, wirres Zeug zu reden. Auch in den nächsten Tagen besserte sich das nicht und sein Geist blieb zeitlebens umnachtet. Das Ereignis verbreitete sich wie ein Lauffeuer in der Stadt. Danach hatte niemand mehr den Mut, der weißen Frau nahe zu treten …

Es gibt sogar einen Zeitpunkt, an dem ihr Erscheinen und ein furchtbares Ereignis zusammen überliefert sind. Im Jahr 1322 wurde sie wohl zum ersten Mal gesichtet. Am nächsten Morgen brach nach der Überlieferung bei Mühldorf mit grausamer Härte die Schlacht zwischen Ludwig dem Bayern und Friedrich dem Schönen von Österreich los, die innerhalb kürzester Zeit hunderte von Waffenleuten das Leben kostete. Aber auch andere Ereignisse wurden mit der Erscheinung in Verbindung gebracht: Hungersnöte, Pestepidemien, Feuersbrünste …

In neuerer Zeit wurde die Gestalt aber nicht mehr beobachtet, die Zeiten haben sich wohl doch sehr geändert - und vielleicht sind wir ja auch nicht unglücklich darüber, dass dieses unheimliche Vorzeichen uns nicht mehr beschäftigen muss.

Der See unter der Domkirche

Wie um viele andere bedeutende Bauwerke ranken sich auch um den Salzburger Dom zahlreiche Geschichten und Geheimnisse.

Wohl eine der ältesten ist die Sage vom See unter der Domkirche: Das mächtige Kirchenschiff stehe auf einem ungeheuer großen Gewölbekeller, reich untergliedert durch Pfeiler, Säulen und Seitenschiffe. Hier unten breitet sich der Sage nach in fast völliger Dunkelheit ein unermesslich großer und tiefer See aus.

Nie gelangt ein Strahl der Sonne hierher, nur durch kleinste Ritzen im Mauerwerk fällt ein klein wenig Licht in diese Unterwelt, von der nur wenige wissen. Das eine Ende ist vom anderen aus nicht sichtbar, es verliert sich im fahlen Dunkel des spärlichen Kellerlichtes.

Ganz glatt ruht die Oberfläche des von unterirdischen Quellen gespeisten Gewässers, nur selten kann man ein winziges Lichtflackern auf der Wasserfläche erblicken, das den flüchtigen, zitternden Strahl aus einem der kaum sichtbaren Risse im Gewölbe reflektiert.

So groß soll der See sein, dass Boote darauf fahren könnten, aber es gibt nur wenige, die dorthin gelangen können - und es geht wohl auch nicht alles mit rechten Dingen dabei zu.

Es herrscht eine dunkle, gespenstische Stille dort unten. Nur ab und zu fällt ein Wassertropfen vom Gewölbe auf die Oberfläche, es gibt einen hellen Klang und einen langen Nachhall.

Der See unter der
Domkirche

Ganz gedämpft gelangen manchmal Laute aus der Oberwelt hier herein, aber sie sind kaum hörbar, nur ganz in der Ferne vernehmbar wie durch einen dicken Vorhang.

Es wird berichtet, dass die spiegelglatte Wasserfläche dieses geheimnisumwitterten Gewässers nur dann erschüttert wird, wenn Erdbeben den riesigen Bau bedrohen. Man sagt, dass die Bewegung des Wassers dann die Gewalt und Zerstörungskraft der Erdvibrationen abfängt und so die Domkirche vor Beschädigungen schützt.

So soll vor unsagbar langen Zeiten ein großes Erdbeben die Stadt erschüttert und viel Unheil angerichtet haben. Reihenweise seien Häuser eingestürzt, ganze Straßenzüge unbegehbar gewesen. Viele Menschen hätten bei dieser Naturkatastrophe ihr Leben lassen müssen.

Einer dieser Erdstöße sei so stark gewesen, dass die stattliche Kuppel der Domkirche einen langen Riss erhielt, durch den das Blau des Himmels zu sehen gewesen sein soll. Aber bereits beim nächsten Schlag, der durch das Erdreich zog, fügte sich wunderbar alles wieder zusammen.

Auch Untersuchungen der Dombaumeister konnten danach keinen Rest der Verletzung mehr zu Tage bringen - so dass die Geschichte von manchen bezweifelt wird. Aber es gibt so viel Geheimnisvolles unter unserem Himmel: Warum soll an diesem Ereignis nicht auch ein Körnchen Wahrheit sein?

In unseren heutigen Tagen neigt man dazu, alles etwas nüchterner zu sehen und vieles, das nicht auf den ersten Blick glaubhaft und erklärbar erscheint, als Märchen abzutun. Man hat aber doch einiges finden können, das durchaus erstaunlich war - wenn es auch bis heute nicht gelungen ist, den See wirklich zu finden.

Bei Grabungen und Reparaturarbeiten aber zeigten sich im Erdreich unter der riesigen Kirche Reste verschiedener alter Gemäuer.

Und man weiss heute, dass sich an der Stelle, an der seit 1628 der Salzburger Dom steht, schon früher mehrere Kirchenbauten befunden haben.

Wer weiß, was im Laufe der Zeit dem düsteren Erdreich unter der mächtigen Domkirche noch an Geheimnissen entrungen wird.

Manch Ereignis ist nur mündlich überliefert und wird durch die Generationen verändert und ausgeschmückt, so dass sich endlich ganz unwahrscheinlich anmutende Geschichten daraus entwickeln, die aber doch so manchen wahren Kern in sich tragen.

Zwei Bettler vor der Stadt

Ein besonderes Schmuckstück inmitten Salzburgs ist der Kapuzinerberg.

Bewachsen mit dichtem und schönem Buchenwald erhebt er seine runde Kuppe über die Salzachstadt und stellt einen Ruhepol in der inzwischen recht lebhaften Metropole dar.

Auf halber Höhe, mit wunderschönem Blick über die verwinkelten Dächer der Altstadt, die Festung und auf den Salzburger „Wunderberg", den Untersberg, liegt das kleine Gotteshaus Sankt Johannis, das Johannis-Kircherl, wie es liebevoll genannt wird. Es ist ein wenig mühselig zu erklimmen über die steile Imbergstiege.

Wunderschön aber ist es, spätnachmittags am Mäuerchen zu lehnen und den Blick auf das Treiben unter den Felsen zu genießen, das flache Abendlicht, das die immer noch verwinkelten Dächer und die Silhouetten der umgebenden Berge streift.

Mit diesem verwunschenen Ort hat es eine ganz besondere Bewandtnis. Im Jahre 1478 soll es sich ereignet haben, dass am Stadttor von Salzburg zwei sehr elende Gestalten vorsprachen und um Einlass baten.

Es waren offensichtlich zwei Bettler oder Pilger, einer von ihnen war so dürftig gekleidet, dass man ihn schier für nackend halten konnte.

Demütig sprach er zur Wache: „Wir wollen uns allhier einen Herrn suchen, der uns zeitlebens speist, tränkt und verpflegt;

Zwei Bettler vor der Stadt

dafür wollen wir von Gott, dem Herrn der Stadt alles Heil der Welt erbitten."

Dem Torwächter kam dies doch sehr seltsam vor und er begab sich zum Bürgermeister, nachdem er den Männern die Anweisung gegeben hatte zu warten. Dieser wollte die Fremden selbst in Augenschein nehmen und kam mit zum Tor.
Dort angekommen fragte er sie höchstselbst nach ihrem Namen, ihrer Herkunft und ihrem Handwerk. „Ich bin" sprach der eine „ein Steinhauer und Wegemacher und ein Nazaräer."
„Und ich", sagte der zweite, „bin ein Zeugmacher und komme aus Galiläa."
„Ach, ihr lieben Männer, da muss euch Gott helfen!" entgegnete ihnen das Stadtoberhaupt. „Ihr müsst wissen, dass wir hier in der Stadt selbst genug arme Leute haben, wir können euch daher nicht einlassen und aufnehmen."

Der Diener eines vornehmen Salzburger Bürgers - er hieß wohl Ludwig Dänkhl - hörte dies zufällig und berichtete davon seinem Herrn, der schwerkrank darnieder lag. Diesen kam es an, angesichts des offenbar nahen Todes noch eine barmherzige Tat zu verüben.

Er ließ dem Bürgermeister mitteilen, *er* werde für das Wohl der beiden Männer bis zu ihrem Lebensende aufkommen. Dieser wunderte sich darüber, hatte aber hiergegen nichts einzuwenden, war Dänkhl doch ein vedienter Bürger der Stadt. So wurden die beiden Bettler hereingelassen und baten sogleich darum, dem kranken Manne vorgeführt zu werden, um ihm ihren Dank für seine Barmherzigkeit und Milde zu überbringen.

Der Kranke sprach die beiden freundlich an: „Liebe Männer, ich kann euch zwar in meinem Hause nicht aufnehmen, aber oben auf dem nahen Berge gehört mir ein Stück schöner Grund, dort will ich euch ein kleines Haus bauen lassen. Ihr könnt darin wohnen, und an Trank und Speisen soll es euch nicht mangeln."

Die halbnackten Bettler verneigten sich darauf und antworteten: „Gib uns nur den Platz, so wollen wir uns schon selbst eine Hütte darauf bauen." Kaum hatten sie das ausgesprochen, umgab die Gestalten mit einem Male eine gleißende Helligkeit wie das Aufleuchten des Abendhimmels. „Sieh mich an, du frommer und guter Mensch", sprach der eine, „ich bin Johannes der Täufer, ein Wegemacher, weil ich die Wege des Herrn bereite nach dem Worte der Schrift!"
„Und ich bin", sprach darauf der zweite, „Johannes der Evangelist, ein Zeugmacher, den der Herr berufen hat, als er an seinen Netzen strickte." Mit diesen Worten verschwanden die Gestalten vor den Blicken Dänkhls ins Nichts.
Dieser fiel betend auf die Knie, küsste den Boden und dankte seinem Gott für die Erscheinung.

Es dauerte nicht lange dass er bemerkte, wie er sich alsbald gesünder und stärker fühlte; und bald darauf wurde er wieder ganz gesund.

In seiner übergroßen Dankbarkeit aber erbaute er hierauf das Kirchlein Sankt Johannis am Kapuzinerberge, wo wir das Kleinod noch heute besichtigen können.

Vielleicht sollten wir gerade heute, wo Fremden nicht nur Gastlichkeit und Freundschaft entgegengebracht werden, einmal dorthin pilgern und uns an diese Geschichte erinnern.

Der „Wilde Mann“ zu Salzburg

Mitten durch Salzburg fließt die Salzach, ein aus den Tiefen des Gebirges stammender Fluss.

Er teilt die Stadt in zwei Teile, die durch mehrere Brücken miteinander verbunden sind. Dieses Gewässer hatte schon immer eine große Bedeutung für die Stadt, in alten Zeiten mehr noch als heute. Es gab hier neben Frachtunternehmen und Handwerksbetrieben eine rege Fischerei und am Ufer fand sich eine Anzahl lebhafter Fischstände.

In der Häuserzeile direkt am Wasser finden wir das Gasthaus „Zum Wilden Mann“ - und mancher Besucher der Stadt mag sich schon gefragt haben, woher dieser Name kommt. Alteingesessene Salzburger können dazu eine Geschichte erzählen. Sie wissen auch, dass es am Rande der Altstadt, ganz nahe beim Festspielhaus und der Kollegienkirche, nochmal einen „Wilden Mann“ gibt: eine merkwürdige Bronzefigur hoch auf einem hübschen Steinbrunnen mit zierlich geschmiedeter Einfassung.

Die Statue ist vollständig überzogen mit grüner Patina, blickt etwas grimmig drein und hält einen Dreizack in der einen und einen Wappenschild in der anderen Hand.

Auch hier mag schon manch einer der zahllosen Besucher der Stadt verwundert gestanden haben mit der Frage, was diese fremdartig anmutende Figur wohl bedeute.

So ganz sicher wird man es nie ergründen können - die alte Stadt birgt ihre Geheimnisse! Aber einiges kann man doch über

Der „Wilde Mann"
zu Salzburg

diese beiden Beobachtungen in Erfahrung bringen.

Eine alte Sage berichtet, der Wilde Mann auf dem Brunnen drehe sich in jedem Jahr ein einziges Mal gänzlich um sich selbst - es finden sich sogar alte Salzburger, die das mit eigenen Augen gesehen haben wollen.

Das Wunder ereigne sich immer am Karfreitag, genau beim Zwölfuhrläuten, erzählen sie uns.

Halt! - wird da manch ein aufmerksamer Zuhörer einwerfen - am Karfreitag läuten doch gar keine Kirchenglocken. Sie verstummen nach einer anderen Überlieferung nämlich am Gründonnerstag - zur Erinnerung an das Leiden Christi - und erklingen erst wieder in der Osternacht.

Andere wieder schränken ein, dass man ein Glockenspielkind sein und zu einer ganz bestimmten Stunde das Licht der Welt erblickt haben müsse - nämlich just zu der, in welcher der „Wilde Mann" sich zu drehen anschicke …

Auch hier zeigt sich, wie geheimnisvoll all diese Geschichten und Erinnerungen sind, wie unterschiedlich die Menschen darüber berichten.

Wer will die Wahrheit ganz ergründen?

Der Mann hoch auf dem Brunnen, über und über mit Schuppen bedeckt, mit seinem grimmigen Blick, dem wirren Haar und den besagten Wahrzeichen in den Händen, steht zwölf Monate reglos und stumm auf seinem Platz - soviel ist sicher.

Es gibt deswegen nicht wenige, die am Karfreitag zur Mittagszeit verstohlen um ihn herumstehen - in der leisen Hoffnung, sein Geheimnis vielleicht doch noch zu ergründen.

Was aber hat dies nun alles mit dem Gasthaus zum „Wilden Mann“ an der Salzach zu tun?

Richtig - hier befand sich einst der Brunnen, unmittelbar am Ufer des rauschenden Flusses, mit weitem Blick über das Wasser und die Fischstände. Später hat man diese zusammen mit der Figur dann in die oberen Stadtbereiche umziehen lassen.

Die Schuppen auf dem Körper des Mannes lassen uns durchaus glauben, dass er - vor Urzeiten - dem Flusse entstiegen, vielleicht vormals sogar ein Mächtiger im unergründlichen, kalt-grünen Reich der Fische und Wasserbewohner gewesen sei.

Durchaus möglich erscheint es uns, dass sein mürrischer Blick auch eine Folge dieser Begebenheiten ist und er immer noch den Menschen zürnt, verstehen könnte man es ja.

Auf jeden Fall sollte man ihm einmal einen Besuch abstatten, er hat es sicherlich verdient.

Zwerg Hahnengickerl

Es soll sich irgendwann vor vielen Jahrhunderten ereignet haben, damals, als die medizinische Kunst erst in ihren Anfängen stand.

Eine vornehme und sehr wohlhabende Dame, die irgendwo im Deutschen Reich lebte, war an einem quälend schmerzhaften und langwierigen Leiden erkrankt. Die besten Ärzte ihrer Zeit hatte sie schon zu Rate gezogen und viel Geld dafür ausgegeben. Aber niemand hatte ihr helfen können, alle waren wieder unverrichteter Dinge abgezogen. Ganz verzweifelt und hoffnungslos war sie schon und das Leben erschien ihr dunkel und nichtig. All der Reichtum und Prunk um sie herum konnte ihr nicht mehr gefallen und ihre Schönheit, die von vielen gerühmt worden war, verfiel zusehends.

Da hörte sie von Theophrastus Bombastus von Hohenheim, bekannt unter dem Namen Paracelsus, der immer wieder in Salzburg wirkte und sich weithin einen Ruf als großer Arzt und Wunderheiler erworben hatte. Sie zögerte nicht und reiste in die Salzachstadt. Am Residenzplatz gab es damals ein nobles Gasthaus, das „Goldene Schiff", in dem sie mit ihrem Personal Quartier nahm.

Bereits am nächsten Tag erschien der berühmte Heilkundige an ihrem Krankenbett und untersuchte sie gründlich, machte sich Aufzeichnungen und wälzte einige Bücher.

Als er seine Bemühungen abgeschlossen hatte, setzte er sich an das Bett der erwartungsvollen Dame und nahm fürsorglich ihre Hand in die seine. „Meine Liebe, ich habe nichts unversucht

HOTEL ZUM GOLDNEN SCHIFF
Zwerg Hahnengickerl

gelassen, habe alles Wissen, das wir Ärzte haben bedacht - aber ich muss euch mitteilen, dass meine Kunst hier versagt. Ich weiß kein Mittel gegen euer Leiden - und es wird auch kein anderer eines bereit haben. Die Medizin kann euch nicht helfen. Nur ein Zauber könnte es vielleicht - aber ich kann euch keinen nennen. Versucht es mit innigen Gebeten zu Gott. Lebt wohl!"

Mit diesen Worten verließ er den Raum und zurück blieb eine zutiefst traurige und unglückliche Frau, die völlig verzeifelt in ihren edlen Seidentüchern lag. Die Tränen liefen ihr über das Gesicht und befeuchteten die Kissen. Und während sie so hoffnungslos in ihrem Kummer versunken war, hörte sie einen eigenartigen Laut und plötzlich stand ein Männlein mitten im Zimmer: klein, mit faltigem Gesicht und spitzer Nase aber gewitzt blitzenden Augen, mit einer roten Zipfelmütze und einem braunen Wams.

Erschrocken blickte die Kranke auf, er aber trat würdevoll stolzierend an ihr Bett, über dessen Rand er kaum schauen konnte. Pfiffig sah er sie an und hob an, mit einer hellen, dünnen Stimme zu ihr zu sprechen: „Liebe Frau, ich komme zu euch, weil kein Mensch auf dieser Welt in der Lage ist, euch zu helfen. Ihr dauert mich aber, denn ich habe ein gutes Herz. Ich komme aus dem Untersberg. Wir Zwerge haben Fähigkeiten, von denen ihr Menschen nur träumen könnt.

Mein Name ist Hahnengickerl - ja so lautet er wirklich! Ich kann euer Leiden heilen. Aber ich stelle eine Bedingung, die ihr annehmen müsst, wenn ich euch helfen soll. Denkt ein ganzes Jahr lang an mich und merkt euch gut meinen Namen, so werdet ihr wieder ganz gesund werden.

In einem Jahr, auf den Tag genau, will ich hier wieder erscheinen und euch nach meinem Namen fragen. Wisst ihr ihn nicht mehr, so nehme ich euch mit in die Tiefen des Berges, und ihr müsst meine Gemahlin werden. Nun so sagt, ob ihr dem zustimmen wollt!" Die Frau wusste sich nicht anders zu helfen und sie dachte sich auch, es werde ein Leichtes sein, die Bedingung zu erfüllen. So sagte sie ohne großes Überlegen zu, und sie schüttelten sich die Hände zur Bestätigung.

Zwerg Hahnengickerl murmelte einen Zauberspruch in seinen weißen Bart und verschwand so geheimnisvoll wie er erschienen war.

Von Stund an aber verspürte sie, wie ihre Kräfte zurückkehrten, die Schmerzen nachließen, die Sonne wieder heller schien und sie allmählich gesünder wurde. Das machte sie sehr glücklich und sie verbrachte noch einige Zeit im schönen Salzburg, bevor sie sich wieder in ihre Heimat als gesunde Frau zurückbegab. Dort wurde sie mit großer Freude und Erleichterung empfangen und rasch kehrte der Alltag mit seinen Festen und Freuden wieder ein.

Ein paar Mal musste sie noch an das geheimnisvolle Männlein denken und sie lachte bei dieser Erinnerung herzlich, aber sie sprach nie zu einem Menschen darüber. Im Laufe der Monate wurde die Erinnerung aber schwächer und schließlich hatte sie die Gedanken an den Zwerg ganz verloren. Sie war wieder wie zuvor eine lebenslustige und fröhliche Person geworden und genoss ihr Dasein in vollen Zügen.

Aber eines Nachts erwachte sie schweißgebadet aus einem Albtraum, draußen stürmte und blitzte es und sie brauchte einige Zeit, bis sie zu sich gekommen war. Da fiel ihr der Zwerg aus dem Untersberg ein und dass der Jahrestag bald bevorstehe. Erschrocken versuchte sie, sich an den seltsamen Namen zu erinnern. Aber sie bemerkte, dass ihr das trotz allen Nachdenkens nicht gelang und es überkam sie siedendheiß. Auch in den nächsten Tagen wurde es nicht besser, obwohl sie jede Minute damit beschäftigt war - aber der Name des Zwerges wollte ihr nicht mehr in den Sinn kommen.

In ihrer Verzweiflung fragte sie alle Leute nach Zwergennamen, doch niemand wusste einen passenden - und manche fingen schon an, an ihrem Verstand zu zweifeln. In ihrer Not begab sie sich wieder nach Salzburg und nahm Unterkunft im „Goldenen Schiff". Im selben Zimmer logierte sie wie vor einem Jahr - und es wurden eigenartige Erinnerungen wach in ihr.

Sie ließ überall in der Stadt herumfragen nach dem Namen eines Zwerges aus dem Untersberg, aber auch hier konnte ihr niemand helfen.

Es begab sich aber in dieser Zeit, dass ein armes Mädchen, dessen Mutter krank zuhause darniederlag, in den Hängen und Felsspalten des Untersberges herumkletterte, um heilende Kräuter zu finden. Dabei hörte sie plötzlich eine helle Stimme singen und juchzen. Sie suchte danach, und nach einiger Zeit konnte sie durch eine Felsspalte in eine geräumige Höhle sehen und erblickte dort ein kleines Männlein, das herumtanzte und sang: „Juchhe! I bin so froh, weil die Frau nit weiß, dass i Hahnengickerl heiß!" Da fiel ihr die fremde Dame ein, die nach seltenen Zwergennamen suchte - fast jeder in Salzburg wusste inzwischen davon. Und sie dachte sich: „Hahnengickerl! Das könnt's doch sein!".

Flugs eilte sie über Stock und Stein ins Tal und bat um Einlass bei der Fremden. Der wurde ihr auch sofort gewährt, als sie ihr Ansinnen angab. Der verwunderten Frau erzählte sie von ihrem Erlebnis, und diese rief erfreut aus: „Hahnengickerl! Ja, das war der Name!" Über ihr Gesicht liefen Tränen vor Erleichterung und in ihrer Freude entlohnte sie das Mädchen so reichlich, dass diese mit ihrer Mutter fortan keine Not mehr leiden musste. Die fremde Dame aber erwartete in ihrem Zimmer nun die Ankunft des Zwerges, der sie gelassen entgegensah.

Der Tag, an dem sich die Erscheinung jährte, verging, aber das Männlein erschien nicht mehr. Vielleicht hatte es mit seinen Zauberkräften erfahren, dass die Frau seinen Namen nun wusste - es wurde jedenfalls nicht mehr gesehen.

Die reiche Dame aber kehrte nach ein paar Tagen wieder in ihre Heimat zurück und lebte dort froh und gesund bis ins hohe Alter. Sie war aber durch dieses Erlebnis zu einer Wohltäterin der Armen geworden, die bis an ihr Lebensende noch viel Gutes tat.

Diese Geschichte lässt unwillkürlich an das allseits bekannte Märchen vom „Rumpelstilzchen" denken. Man sieht, dass die Volksmärchen und -sagen immer wieder zu denselben Themen entstehen, die die Menschen seit Jahrhunderten beschäftigen.

Gottlob aber ist Hahnengickerl nicht so böse wie Rumpelstilzchen, und so können wir uns an der Geschichte von Herzen erfreuen.

Drachen bedrohen die Stadt

Wer heute die Stadt Salzburg und ihre urbanisierte Umgebung betrachtet, kann sich kaum vorstellen, wie wild und unheimlich einst dieses Umland war. Riesige ausgedehnte Moorflächen wechselten mit tiefen Wäldern, es gab nur wenige und unsichere Fußsteige, die Menschen lebten in ständiger Angst vor Ungeheuern und räubernden Banden, die in diesem Brachland hausen konnten. Die abendlichen wabernden Nebel, pfeifende und heulende Stürme, prasselnde Regengüsse und dichte Schneefälle verstärkten die Angst und die unheimlichen Gefühle unserer Vorfahren.

So kann man sich gut vorstellen, wie Sagen um die verschiedenen Drachen und Ungeheuer im Umland der Stadt entstanden sind, abends am Herdfeuer erzählt und ausgeschmückt wurden, und - besonders die Kinder - nachts im Heulen des Sturmes das Jaulen und Fauchen furchtbarer Drachen hören konnten. Aber auch die Erwachsenen erschauderten immer wieder, wenn unheimliche Naturerscheinungen wie Hagel und Nebel, Gewitter und Stürme das Land überzogen.
Insbesondere das große Moos im Süden der Stadt, das Wildmoos - vom Fuß des Mönchsberges bis an den Untersberg hin - erschien voller geheimnisvoller und oft gefährlicher Wesen: Elfen und Kobolde trieben ihr Unwesen, Nymphen lockten Unvorsichtige in Fallen und verzauberten sie, Riesenschlangen und Ungeheuer verbargen sich hinter Büschen und in Moortümpeln. Ziehende Nebelschleier waberten in der Dämmerung durch die Weidenbüsche, aus den Wasserlöchern drang hämisches Glucksen, Blasen zerplatzten an der braunen, stinkenden Oberfläche, verwesendes, modriges Holz leuchtete in der Dunkelheit gespenstisch auf. Die nasse Kälte der Luft griff mit tau-

Drachen bedrohen
die Stadt

send Armen nach dem, der noch nicht zuhause am warmen Herd weilte.
Am meisten aber fürchteten die Menschen den großen Drachen, der in diesem kaum zugänglichen Gebiet hausen sollte. Irgendwo - niemand konnte genau sagen, wo es war - versteckte er sich am helllichten Tag in Höhlen und zwischen Büschen. Nur sein Fauchen und seine rasselnde Atmung meinten viele immer wieder vernehmen zu können.

Aber abends, wenn die Dämmerung das fahle Zwielicht über das große Moos senkte, die Umrisse der Bäume ins blaugraue Nichts zerflossen, aus toten Ästen gespenstische Wesen wurden, dann war das Ungeheuer unterwegs. Es kroch herum, suchte nach Tieren und Menschen, die sich in der Einöde verirrt und einen der wenigen Steige verloren hatten, wenn sie vom Torfstechen und Pflanzensammeln der Stadt zustrebten - oft bepackt mit riesigen Körben, in denen sie die Erträge eines anstrengenden Arbeitstages mit sich schleppten. Manche zogen auch schwere, unhandliche Schlitten oder Karren hinter sich her, auf denen sie ihre Last aufgeladen hatten.
Hinter Büschen und toten Bäumen lauerte ihnen dann der Drache auf, stürzte sich auf sie, um sie mit seinen messerscharfen Zähnen zu zerfetzen und sie dann mit Haut und Haaren zu verschlingen. Blaugrün und voller Warzen soll seine Haut gewesen sein, ein stachliger Kamm lief über seinen breiten Rücken, die Füße waren froschartig, dabei aber riesig und voll tödlicher Gefahr. Manche berichten, dass der Drache Flügel gehabt habe, mit denen das schwere Tier kleine Strecken fliegend zurücklegen konnte und so seine Opfer noch besser zu überrraschen in der Lage war. Ein riesiger, peitschenartiger Schwanz bedeutete den sicheren Tod für jeden, der davon nur berührt wurde. Die lederartige Haut des Ungeheuers war zudem stark giftig, sein stinkender Atem ätzend wie Schwefel, seine kleinen, bösen Augen, in die kein menschliches Antlitz schauen durfte, konnten alleine durch den Anblick töten.

Es war ein schauriges Tier, und kein Mensch betrat das Moos, der nicht unbedingt dorthin musste. Viele sollen in diesen Tagen verschwunden sein, niemand hat jemals wieder von ihnen etwas gehört oder gesehen. Manchmal konnte man abends Schreie aus dem Moor vernehmen. Die Menschen hatten wirklich große Angst.
Die Stadtväter beschlossen deswegen, dass unbedingt etwas geschehen müsse. Sie ließen mächtige Mauern vom Mönchs- und Rainberg nach Leopoldskron bauen und weit in das Moos hinausziehen. Die wenigen Wege und Straßen, die durch die Randgebiete des Moores zogen, wurden abgeriegelt, um die Menschen von den gefährlichen Bezirken fernzuhalten. Auf dem Mönchsberg wurde ein Kontrollturm gebaut, von dem aus man einen Teil des Gebietes überwachen konnte.
Durch diese Maßnahmen soll es tatsächlich im Laufe der Zeit gelungen sein, das Ungeheuer zu vertreiben. Es weiß allerdings niemand, wohin es sich verzogen hat. Fest steht nur, dass langsam Ruhe einkehrte und die Menschen wieder ihren Alltagsbeschäftigungen im Moos nachgehen konnten, die ihnen nur allzu oft Grundlage ihres kargen Lebens waren.
Später wurde dann sogar eine richtige, kilometerlange Straße durch das Moos gebaut, die in zwei Jahrhunderten auch die Menschen und ihre Ansiedelungen in diese ursprünglich einsame Landschaft hineingezogen hat. Heute ist dort alles friedlich und bewohnt, und die Ängste und Erscheinungen unserer Vorfahren sind nicht leicht nachzuempfinden.

Es bleibt noch zu erwähnen, dass der Drache im Wildmoos nicht als einziger in der Umgebung Salzburgs die Menschen bedroht hat. Auch im Gebiet der heutigen Grazer Bundesstraße, die sich in engen Windungen hinauf an den Fuß des Gaisberges zieht, soll ein gefährlicher Drache vor seiner Höhle auf Opfer gelauert haben, feuerspeiend und giftigen Hauch versprühend. Und auch in Schallmoos, heute längst Stadtgebiet, berichtet man von einem solchen Untier.

Die sieben Kreuze zu St.Peter

Friedhöfe sind Orte der Ruhe und Besinnlichkeit. Sie erinnern uns daran - ob wir wollen oder nicht -, dass auch wir eines Tages den Weg alles Irdischen gehen werden - und dieser Gedanke ist nicht jedem angenehm.

Aber es gibt durchaus erbauliche Friedhöfe, Oasen der Stille, die wegen ihrer wunderschönen Lage oder Anlage, wegen ihrer gepflegten Atmosphäre zum Verweilen einladen. Viele der oft alten Gräber sind kleine Kunstwerke - und das Sterben könnte man in solchen Parks fast vergessen. Einer der schönsten dieser Art ist sicher der Friedhof von St. Peter in Salzburg.

Seine Lage zwischen der mächtigen Kirche und der steilen Felswand des Mönchsberges führt zu völliger Abgeschiedenheit vom Trubel der Salzachstadt. Eine vollkommene Ruhe empfängt uns, wenn wir ihn durch eines der schmiedeeisernen Tore betreten. Es ist, als erstürbe alle Hektik des Alltags, aller Lärm bleibt draussen, eine stille, feierliche Stimmung ergreift uns, der wir uns ruhig hingeben und dafür auch ein wenig Zeit mitbringen sollten.

Der Friedhof ist auf einer Seite begrenzt von einer steilen, teils überhängenden Felswand. Hier finden wir die rätselhaften Katakomben, finstere, enge Höhlen mit geheimnisvoller Vergangenheit. Der kleine Gottesacker selbst ist umgeben von Arkaden, viele stille Winkel entziehen sich unseren oft allzu neugierigen Blicken in geheimnisvollem Halbdunkel. Kleine Rasenstücke, ein paar Bäume, Kieswege und - im Sommer - reicher Blumenschmuck erfreuen das Auge. Wir wandern besinnlich zwischen einer Vielzahl schön gestalteter Gräber hin-

Hie liegt
Stumpfögger
1709
R.I.P.
Hie liegt
Stumpfögger
1725
R.I.P.
Hie liegt
Stumpfögger
1740
R.I.P.
Hie liegt
Stumpfögger
1733
R.I.P.
Hie liegt
Stumpfögger
1717
R.I.P.
Hie liegt
Stumpfögger
1708
R.I.P.
Hie liegt
Stumpfögger
1721
R.I.P.
Die sieben Kreuze
zu St. Peter

durch und betrachten die Aufschriften, die oft genug Stoff zum Nachdenken und Grübeln liefern.

Ein ganz besonderer Fund auf diesem eindrucksvollen Rundgang aber sind die sieben Kreuze direkt gegenüber der Katharinenkapelle. Sieben Eisenkreuze in zwei Reihen, auf allen derselbe Name: Stumpföggerin, jeweils mit einem anderen weiblichen Vornamen.

Die vor Jahren schon fast völlig verkommenen Kreuze - die früher an einem ganz anderen Platz zu finden waren - sind inzwischen schön restauriert worden. Was verbirgt sich wohl dahinter, mag der nichtsahnende Besucher denken?

Jeder Salzburger aber kennt die Geschichte - und in verschiedenen, sich gegenseitig an Grausamkeit übertreffenden Versionen wird die Mär vom Salzburger Frauenmörder Stumpfögger weitergetragen.

Sechs Frauen habe er geehelicht, sechsmal habe er einer hoffnungsvollen Seele Treue bis in den Tod geschworen, sechsmal habe er die Freuden der ehelichen Liebe genossen. Wenn er einer aber überdrüssig geworden sei, habe er sie jeweils fest in Decken eingewickelt und an den Füßen so lange gekitzelt, bis sie vor Erschöpfung qualvoll verstorben sei! Dies schaurige Werk habe er sechsmal verübt - die Jungfrau Maria sei den armen Seelen der Verstorbenen gnädig …

Das siebente Kreuz stehe auf dem Grabe einer seiner Töchter - sagt man. Andere wollen sogar noch von einer siebenten Gattin wissen.

Indes - die Wahrheit ist bekannt: Ein ganz und gar biederer und fleissiger Bürger sei er gewesen, der Maurer- und Steinmetzmeister Stumpfögger, nichts Böses habe er je im Sinne gehabt. Sechsmal erhoffte sich der Arme lebenslanges Eheglück - und jedes Mal wieder sei das Schicksal ihm abhold gewesen und habe seine Gattin dahingerafft.

Und auch eine Tochter habe ihm der Himmel noch genommen. Unser Mitleid möge ihm und seinen Frauen gewiss sein, wenn wir ergriffen vor den sieben Kreuzen stehen.

Vielleicht sind viele der Leiden und Prüfungen, die unsere Zeit uns auferlegt, doch oft recht gering im Vergleich zu den Schicksalen, welche die Menschen in früheren Zeiten erleiden mussten?

In jedem Falle aber lernen wir, dass die Geschichten und Überlieferungen des Volksmundes oft genug seltsam und absonderlich sind und einer genaueren Prüfung bedürfen, ehe wir sie für bare Münze nehmen.

Wie oft auch ist ein wahrer Kern kaum noch hinter den ausschmückenden Worten zu erkennen, die uns mit Bewunderung oder Abscheu erfüllen.

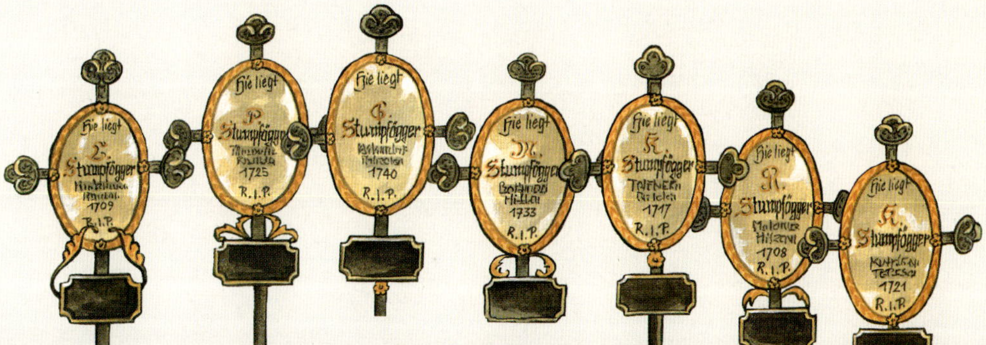

Das wundertätige Gnadenbild von Maria Plain

Mit einem prächtigen Rundblick belohnt die Wallfahrtskirche Maria Plain bei Salzburg ihre Besucher.

Weithin ins Alpenvorland geht die Aussicht, aber auch über die Dächer der sich ausbreitenden Stadt Salzburg hin zu den Bergen. Es ist eine wechselvolle Geschichte, auf die dieses Kleinod der sakralen Baukunst zurückblicken kann - und wer den Weg hier herauf gefunden hat, sollte einmal daran denken.

Weit, weit zurück reichen die Wurzeln, bis in den Kreis der Sagen und Legenden. Im Jahr 1633 soll es gewesen sein, im fernen Regen im Bayerischen Wald. Dort waren die Schweden im Dreißigjährigen Krieg über den Markt hereingebrochen und hatten Menschen und Tiere gnadenlos getötet und Häuser zerstört und niedergebrannt.

Ein Bäcker in Regen, ehrsamer Bürger des Marktes, hatte ein Muttergottesbild besessen. Als er verzweifelt in den rauchenden Trümmern seines Anwesens nach Überresten suchte, fand er dieses Bild im Schutt fast gänzlich unversehrt. Ganz offensichtlich war hier ein Wunder geschehen.

Bald erfuhren auch andere davon, so auch die Edle Argula von Grimming, die Frau des Pflegers von Fürsteneck. Nach einigen Mühen gelang es ihr, von dem Bäckermeister das Bild zu erhalten, indem sie seiner Frau ein anderes Marienbild gab.

Nach kurzer Zeit zog die Familie zu ihren Besitzungen in Salzburg, zu denen auch das Gut Plain nördlich der damals noch recht kleinen Stadt gehörte. Der Sohn Rudolf von Grimming

Das wundertätige
Gnadenbild v. Maria Plain

nahm nach dem Tod seiner Mutter deren geliebtes Marienbild an sich und ließ es im Dezember des Jahres 1652 in einem Eichenkasten auf dem Plainberge sicher verwahren.

Alsbald kamen viele Gläubige zu dem Heiligenbild, dessen Geschichte sich rasch herumgesprochen hatte. Das Konsistorium in Salzburg erfuhr hiervon und verlangte die Aufstellung des Bildes in einer Kirche. Da der Adelige sich hiervon jedoch nicht trennen wollte, ließ er in dem Eichenkasten eine Kopie aufstellen und nahm das Bild wieder zu sich.

Rudolf soll ein recht gebildeter aber weltfremder Sonderling gewesen sein, und so kam es, dass er in Armut stürzte und seine Güter im Jahre 1658 versteigert wurden. Er selbst zog sich mit seinem ihm so lieb gewordenen Bild in eine Einsiedlerklause auf dem Wankerberg nahe Pfronten im Allgäu zurück. Aber auch dorthin pilgerten bald die Gläubigen in großer Zahl, was dem bischöflichen Ordinariat in Augsburg nicht gefiel. Das Gnadenbild wurde bald nach Augsburg verbracht und verblieb vorerst dort verschlossen.

Inzwischen hatte man aber bereits 1656 auf dem Plainberge eine hölzerne Kapelle erbaut, 1710 wurde daraus eine steinerne, die heute noch als „Ursprungskapelle" zu besichtigen ist. Dorthin gelangte nach dem Tode von Grimmings auf Betreiben des Erzbischofs Maximilian Gandolf das Bild, und die Zahl der Pilger nahm von nun an immer weiter zu.

Durch die großzügigen Spenden der Gläubigen konnte man bald eine neue, größere Kapelle errichten und bereits im Jahr 1674 wurde die heutige Wallfahrtskirche Maria Plain geweiht, wo bald das Gnadenbild in die sogenannte Schatzkammer gebracht wurde. Hier durften es nur noch wenige besuchen. Erst 1732 erhielt es den ihm gebührenden Platz auf dem Hochaltar, wo man es heute noch findet.

Wie groß der Zustrom der gläubigen Pilger war, kann man daran erkennen, dass in 17 Jahren in der kleinen Kapelle 33795 Messen gelesen worden waren! Die Verehrung der Menschen für die Muttergottes von Maria Plain war ungeheuer groß, wie dies aus vielen Quellen immer wieder hervorgeht. Das Marienbild und die Wallfahrtskirche standen in den folgenden Jahrhunderten stets im Mittelpunkt des Interesses der Gläubigen.

So wurde 1751 das Gnadenbild mit einer echten goldenen Krone verziert und durch Fürsterzbischof Andreas von Dietrichstein im Beisein einer ungeheuren Volksmenge feierlich gekrönt. Jedes Jahr wurde nun das „Plainer Krönungsfest" feierlich begangen, etwa 1775 soll sogar W.A. Mozart seine berühmte Krönungsmesse zu diesem Anlasse geschrieben haben, was aber nicht ganz gesichert ist.

Am 25. August 1824 wurde die Wallfahrtsstätte dem Kloster St. Peter in Salzburg übergeben und gehört noch heute neben Maria Kirchenthal bei Lofer zu den bedeutendsten Wallfahrtsstätten des Salzburger Landes.

Ganz besonders feierlich wurde das 200-jährige Krönungsfest im Jahr 1951 begangen, und der Papst hat im selben Jahr der Wallfahrtskirche Maria Plain sogar die Privilegien einer „basilica minor" verliehen, eine Ehre, die bis heute keinem anderen Gotteshaus im Salzburger Land zuteil wurde.
Vieles noch ließe sich berichten aus der langen und wechselvollen Geschichte dieses sakralen Bauwerkes, ganze Bücher sind gefüllt damit.

Wir aber sollten eingedenk dieser Kette an Ereignissen, die die Menschen über die Jahrhunderte mit der wundersamen Maria und ihrem Kind verbinden, diesen Ort einmal mit Muße besuchen und seine Ausstrahlung ehrfürchtig auf uns einwirken lassen.

Der Schlangenfänger zu Salzburg

An die 300 Jahre soll es schon her sein, da fand sich auf dem Residenzplatz in Salzburg ein weithin berühmter Zauberer ein.

Es war ein geheimnisvoll aussehender großer Mann mit langen, silbrig-weißen Haaren, bunter Kleidung und einem spitzen Zaubererhut. Er sprach eine fremdartig klingenende, rollend-singende Sprache und hatte tänzelnde Bewegungen.

Eine große Menge Volkes lief auf dem Platz zusammen und hörte mit Staunen die Anpreisungen des Mannes. Auch Mitglieder des Magistrates der Stadt eilten herbei und wollten wissen, was der Magier zu können vorgab.

Als er der großen Menschenmenge um sich herum versprach, alle Schlangen im Umkreis von einer Meile in einer Grube zusammenzutreiben und zu vernichten, gab es ein großes Geraune und Gejohle unter den Menschen. Es herrschte nämlich zu dieser Zeit eine gewaltige Schlangenplage in Salzburg und seiner Umgebung, und die Bürger wünschten nichts mehr, als dass dieses Unheil, unter dem alle sehr litten, beendet würde.

So war schnell auch der mächtige und wohllöbliche Magistrat geneigt, dem Manne Glauben zu schenken. Man wurde mit ihm handelseinig und verabredete ein gutes Entgelt, wenn ihm das Kunststück gelingen solle.

Sogleich begann der Zauberer unter den Blicken der großen Volksmenge mit seiner geheimnisvollen Beschwörung. Nach unverständlich gemurmelten Zauberworten zog er eine kleine Pfeife aus seinem Rock und begann, fremdartige, hohe Töne

Der Schlangenfänger
zu Salzburg

darauf erklingen zu lassen. Sogleich begannen aus allen Häusern kleine und große Schlangen hervorzukommen, überall krochen und schlängelten sich die gefürchteten Tiere über die Straßen und Plätze.

Immer mehr wurden es, hunderte und tausende, und sie ringelten sich in der eigens dafür angefertigten Grube zu einem gewaltigen, Angst und Ekel erregenden Knäuel zusammen.

Die Menschen wichen zurück, wo auch immer die Reptilien sich windend und raschelnd auftauchten.

Immer wieder murmelte der Fremde zwischendurch seine Beschwörungsformel, dann blies er wieder auf der Pfeife.

Plötzlich ging ein Raunen durch die Menge, alle wichen weit zurück: Aus einer engen Straße wälzte sich eine über alle Maßen große und mächtige Schlange heran, die eine Krone auf dem Kopfe trug. Das musste die Königin sein! Die Kinder begannen zu weinen, viele der Frauen schrien laut auf und klammerten sich an ihre Männer.

Es brach Panik aus.

Die Schlange wand sich in großer Geschwindigkeit auf den Zauberer zu und fixierte ihn mit einem bösen Blick aus ihren schlitzförmigen Augen, während sie unheilverkündend züngelte und zischte. Dem Magier fiel vor Schreck seine Pfeife aus der Hand. Vor Entsetzen erstarrte er und seine Augen weiteten sich. Die Schlange richtete sich vor ihm auf und ehe jemand etwas tun konnte, hatte sie sich schon machtvoll zuerst um seinen Brustkorb und dann um seinen Hals gewickelt. Vor den Augen hunderter verstörter Menschen riss sie ihn in die Schlangengrube hinab, wo sich alle Tiere auf ihn stürzten.

Niemand konnte und wagte es, ihm zu Hilfe zu kommen, und so musste er innerhalb kürzester Zeit qualvoll sterben. Die Menge floh entsetzt vom Platz, und die Schlangen kehrten bald wieder zurück an die Plätze, von denen sie gekommen waren.

Nachdem sich die ersten und mutigeren der Zuschauer wieder an den Ort des Geschehens zurückgewagt hatten, fanden sie in der Tiefe der Grube nur noch die grässlich entstellte Leiche des Mannes vor.

Schaudernd scharrten sie sogleich die Erde vom Rand hinein, um den Anblick nicht mehr aushalten zu müssen.

Noch lange wagten sich ängstlichere Naturen nicht auf den Residenzplatz, vor allem abends meinten viele immer noch das fremdartige Pfeifen zu vernehmen.

Die Schlangenplage aber war noch längere Zeit nicht beendet, erst später bemerkten die Menschen dann, dass die Zahl der verhassten Tiere langsam abnahm und sie wieder ohne Angst ihre Häuser verlassen konnten. Von dem Schlangenfänger aber wurde noch lange gesprochen.

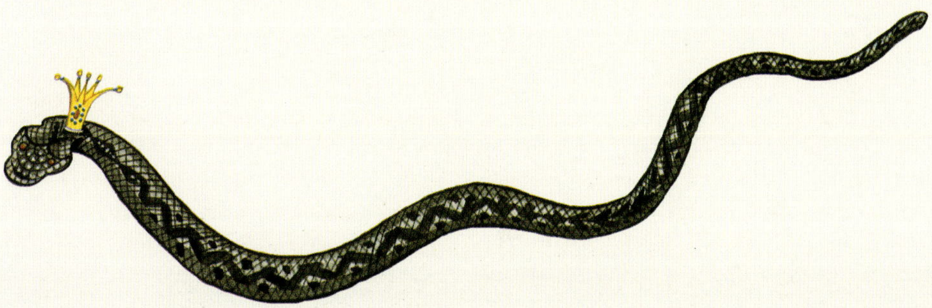

Von der alten Römerstadt unter St.Peter

Es gibt eine Sage, die uns von einer uralten Ansiedelung im Bereich der heutigen Stadt Salzburg berichtet: dem römischen Juvavum.

Im ersten Jahrhundert unserer Zeitrechnung hatten nämlich die Römer damit begonnen, große Gebiete einzunehmen, die unter anderem dem heutigen Österreich entsprechen. Mit großem Aufwand waren Straßen über die hohen Alpenpässe entstanden und insbesondere am nördlichen Alpenrand hatte man lebhafte Städte errichtet. So auch die Municipialstadt Juvavum, auf deren Trümmern viele Jahrhunderte später die Stadt Salzburg wuchs.

Nach der Sage soll sich der größte Teil dieser Stadt zwischen Mönchsberg und Untersberg, im Gebiet des riesigen Wildmooses erstreckt haben. Eine mächtige, römische Metropole soll es gewesen sein, Hauptstadt des Noricum, einer der Provinzen zu Zeiten des Kaisers Claudius.

Versuchen wir doch, ein Bild dieser Zeit vor unserem inneren Auge entstehen zu lassen. Ein prächtiges Stadtbild können wir in Gedanken erkennen, eine Vielzahl an Mauern, Türmen und Türmchen, Tempeln und Palästen, Bürgerhäusern und winkeligen Gassen. Weithin erstreckt sich diese beachtliche Ansiedelung zwischen den letzten Berggipfeln der Alpen und dem weiten Alpenvorland.

Eine strategisch günstige Lage und ein mildes Klima ließen die Stadt über Jahrhunderte hin gedeihen und erblühen. Ein wenig mag sich hier der Zauber und Charme des Südens mit den

Von der alten Römer
stadt unter St. Peter

herberen Reizen der nördlichen Regionen vermischt haben - ganz ähnlich, wie wir es in Salzburg auch heute noch empfinden.

Eine bunte Menschenmenge aus aller Herren Länder bevölkerte die Stadt, auch das hat sich ja - ganz besonders zur Festspielzeit - nur wenig geändert.

Künstler und Artisten, Pferdegespanne und fliegende Händler an jeder Ecke, kreischende Kinder und bellende Hunde. Dazwischen ein reges Marktgetümmel, Frauen im Gespräch über die neueste Mode, Männer spielen Karten oder diskutieren die Tagespolitik.

Mitten in diesem bunten Treiben patrouillieren martialisch bewaffnete Wächter und Soldaten und immer wieder begegnen uns würdevolle römische Beamte in ihren Tuniken.

Auf dem Nonnberg soll sich ein Merkur, dem Gott des Krieges geweihter Tempel befunden haben. Und über allem brauchen wir uns dann nur noch das Blau des Frühlingshimmels und die noch tief verschneiten Berge vorstellen. Ein schönes Bild...

Weiter berichtet die Sage, dass diese prächtige Stadt Juvavum irgendwann langsam im tiefen Moorboden versunken sei. Haus um Haus habe man sie aufgeben und räumen müssen, der stinkende braune Schlick habe unbarmherzig alles umschlossen und begraben, und das weite, in früheren Zeiten gefährliche Wildmoos habe sich ausgebreitet und die ganze Pracht überdeckt. Geblieben sei von der Herrlichkeit nur noch die Mauer, die von der Richterhöhe auf dem Mönchsberg gegen den Petererweiher herabzieht.

Soweit die Sage! Manches davon dürfte der Wirklichkeit recht nahe kommen, manches dagegen eher fabuliert sein. Tatsache ist wohl, dass man unter der heutigen Altstadt von Salzburg, vor allem im Bereich zwischen dem Kloster St. Peter und dem Stadtteil Mülln am nördlichen Ausläufer des Mönchsberges, Reste römischer Baukunst bei Grabungsarbeiten gefunden hat. In diesem Bereich hat sich also wohl auch die Stadt Juvavum befunden, zwischen der uralten Handelsader der Salzach und dem schützenden Mönchsberg. Die Blüte als Municipialstadt begann für Juvavum tatsächlich unter Kaiser Claudius. Über vierhundert Jahre lang blieb es dann ein wichtiges Zentrum nördlich der Alpen, verbunden mit dem Reich durch großartig angelegte Römerstraßen, die in geschickter Bauweise die Alpentäler nutzten und die Pässe überwanden.

Um 400 n. Chr. verfiel die Stadt zusehends und wurde endlich ganz niedergebrannt. Auf ihren Resten entstand nach den Erkenntnissen der Archäologen ab dem 6. Jahrhundert n. Chr. dann in einem wechselvollen Lauf über Jahrhunderte hinweg die heutige Stadt Salzburg.

Es erscheint uns wahrscheinlicher, dass auch schon der römische Vorgänger Salzburgs zwischen dem Fluss und der schützenden Anhöhe des Mönchsberges gelegen war und nicht im riesigen, eher schutzlosen Areal zwischen Mönchsberg und Untersberg.

Wie dem aber auch immer sei, auf einem beschaulichen Stadtrundgang durch die Gassen und über die Plätze der Altstadt sollten wir durchaus einmal einige Gedanken an diese Zeiten wach werden lassen und uns vorstellen, wie hier schon seit vielen Jahrhunderten Menschen leben und arbeiten, feiern und lachen…

Theophrastus Paracelsus

Eine Reihe von wundersamen Geschichten werden berichet über den Arzt und angeblichen Wunderheiler Paracelsus, der - 1493 in Einsiedeln in der Schweiz als Sohn eines Arztes geboren - eine gewisse Zeit in Salzburg verbracht hatte und dortselbst auch verstorben war. Sein wirklicher Name war Philippus Aureolus Theophrastus Bombastus von Hohenheim. Er selbst hatte sich - einem damaligen Brauch folgend - den Namen gegeben, der seine Bewunderung für den römischen Gelehrten Celsus ausdrückt: Paracelsus.

In den Erzählungen vermischen sich Wahrheit und Dichtung oft fast untrennbar. Sicher ist, dass es sich wohl um einen bedeutenden Arzt und Menschen gehandelt hat, der in Salzburg wie überall in Europa zahllose zufriedene Patienten hatte.

Er muss ein Großer und Vorausschauender in der Medizin gewesen sein, der die Heilkunst in vielen Dingen weitergebracht hat.

Die oft ans Unglaubliche grenzenden Erfolge haben bereits zu seinen Lebzeiten dazu geführt, dass Bewunderer und Neider sich die Waage hielten - und dieser Zwiespalt war wohl auch Quelle der zahlreichen, oft recht widersprüchlichen Überlieferungen.

Stoff der vielen Sagen aber ist eher die ans Wunderbare grenzende Heilkunst, die in vielen Fällen die Grenze zum Unglaublichen sicher überschreitet. Schon die Art und Weise, wie er an seine überragenden Fähigkeiten gekommen sein soll, ist mehr als wunderbar.

Theophrastus Paracelsus

Es wird erzählt, er habe auf einem Waldspaziergang in der Nähe Innsbrucks, wo er seinen Studien nachging, den Teufel überlistet und ihm so die wunderbaren Fähigkeiten entlockt, alle Krankheiten heilen zu können und alles zu Gold werden zu lassen, was er nur wolle.

Diese Eigenschaften hätten ihm seinen weitreichenden Ruf bei den Kranken eingebracht - aber auch den immer wieder überlieferten Hass und Neid seiner ärztlichen Kollegen, die ihm sogar wiederholt nach dem Leben getrachtet haben sollen.

Vieles ließe sich berichten und erzählen über den berühmten Mann. Eine dieser Geschichten aber ist besonders bezeichnend und wir wollen sie uns näher betrachten. Als er einst selbst schwerkrank darniederlag - der Sage nach in seinem Quartier „Am Platzl 3" in Salzburg -, glaubte er, sein letztes Stündlein habe geschlagen. Deshalb ließ er seinen Diener ans Krankenbett kommen, übergab ihm ein Fläschchen und befahl ihm, den Inhalt in die Salzach zu entleeren.

Da Frachmair - so lautete der Name des Mannes - aber vermutete, das Fläschchen enthalte die Zauberarznei des Meisters, tat er alles andere, als die Flüssigkeit zu verwerfen. Er versteckte es in seinem Zimmer, in der Hoffnung, selbst damit Reichtum und Ehre erlangen zu können und kehrte dann alsbald wieder zum Kranken zurück.

Dieser wollte sogleich wissen, ob er den Auftrag getreulich ausgeführt habe, was Frachmair leichthin bejahte. Paracelsus aber insistierte und fragte ihn, was er denn dabei genau beobachtet habe. Dieser antwortete rasch: „Nichts, rein gar nichts, edler Herr!" und hoffte, die Sache sei damit erledigt.

Aber er hatte nicht mit dem Scharfsinn seines Herrn gerechnet. Wütend fuhr er seinen Diener an: „Nichtswürdiger, so erfüllst du meine Befehle? Du wolltest mich betrügen, nichtiger Erdenwurm, und vergissest dabei, dass ich alles erfahre, was ich erkunden will. Rasch vollziehe, was ich dir befohlen, oder bei Gott, du sollst die Schwere meines Zornes zu fühlen bekommen!" Drohend richtete sich der Erzürnte in seinem Bett auf.

Da der Famulus den Zorn seines Meisters wohl kannte, eilte er in sein Zimmer, holte das geheimnisvolle Fläschchen und lief sogleich an das Flussufer.

Dort tat er nach dem Befehl seines Herrn und beobachtete, was nun geschah. Kaum hatten sich die Tropfen der Flüssigkeit mit dem Wasser des Flusses vermischt, als es gehörig zu zischen und brausen begann, rötlich-gelbe Dämpfe entstiegen der Wasseroberfläche und plötzlich sah er überall auf dem Wasser schimmerndes und glitzerndes Gold dahintreiben. Es schwankte und tanzte auf den sich kräuselnden Wellen, brach das Sonnenlicht und glänzte, dass es eine Pracht war.

Den ganzen Fluss entlang erstreckte sich das Wunder, unter den Brücken durch und weit hinaus ins flache Land. Die Menschen blieben am Ufer stehen und wunderten sich.

Das also war das Geheimnis jenes Fläschchens, dachte er sich und schaute versonnen zu, wie das edle Metall den Fluss hinuntertrieb, traurig und verzagt, dass es ihm nicht gelungen war, sich selbst in den Besitz jener Kostbarkeit zu bringen.

Der Meister aber genas noch einmal von seiner Erkrankung und konnte noch vielen Menschen Gutes tun, bevor er selbst den letzten Weg ging und auf dem Sebastiansfriedhof in der Linzer Gasse beigesetzt wurde.

Der Keutschacher

Er war wohl ein gestrenger Herr, der Leonhard von Keutschach, Erzbischof von Salzburg von 1495 bis 1519. Seine Untertanen, die Bürger von Salzburg, hatten es nicht leicht unter seiner Regentschaft, und einst verschwor man sich sogar, die unliebsame Herrschaft gewaltsam abzuschütteln. Da hatte man aber nicht mit der List und Entschlossenheit des Potentaten gerechnet!

Der Keutschacher hatte von dieser Verschwörung nämlich rechtzeitig erfahren und beschlossen, mit aller Härte dagegen vorzugehen. Er lud die Spitzen der Bürgerschaft samt Bürgermeister zu sich in die Residenz auf eine Festtafel. Kaum hatten die „Gäste" aber an den großen Holztischen Platz genommen, als die Türen des Raumes aufgerissen wurden, Bewaffnete hereinstürmten, die Versammelten fassten, fesselten und auf offenen Schlitten festzurrten. In rasender Fahrt ging es nun dahin und man stellte den Überraschten in Aussicht, sie in den Lungau bringen und dort köpfen zu lassen.

Der Erzbischof ließ sich dann aber doch noch erweichen und verzichtete auf die Ausführung seiner Androhung, nachdem den Salzburger Bürgern alle bisher erworbenen Vorrechte aberkannt worden waren. Man berichtet aber, dass der Keutschacher an den Haustüren der Rädelsführer Löwenköpfe mit einem Ring durchs Maul habe anbringen lassen - als Symbol dafür, dass er seine Gegner unter seine Gewalt gebracht hatte. Andere allerdings wollen wissen, dass besagte Löwenköpfe an den Handel der Salzburger mit Venedig - dort ist ja der Markuslöwe ein wichtiges Sinnbild! - erinnern sollen.
Wie dem auch sei, die Geschichte mit den Aufständischen ist

HIE GIBT ERZBISCHOVE LEONHARD
ZU SALZBURG GEBORN VON
KEUTSCHACH, DEN SEGEN UEBER
DAS STIFFT SALBURGE
LANDT A.D. 1515
Der Keutschacher

historisch verbürgt - im Gegensatz zu vielen anderen, die man über Leonhard erzählt. So zum Beispiel die Anekdote mit dem „Rübenwappen". Auf manch altem Gebäude in Salzburg kann man noch heute das Wappen des Leonhard von Keutschach finden, das eine mächtige Rübe zeigt.

So soll es dazu gekommen sein: Als junger Mann war Leonhard durchaus keine eindrucksvolle Persönlichkeit, vielmehr ein vergnügungssüchtiger Bursche, der es mit seinen Studien nicht sehr ernst nahm. Viel lieber als aus Büchern zu lernen trieb er sich in den Gasthäusern herum und sprach dem Gerstensaft in fröhlicher Runde zu. Als er nach einem derart vertanen Studienjahr einen Onkel im Pinzgau besuchte, der dort als Bauer seine bescheidene Alm bewirtschaftete, bekam er von jenem nichts als Vorwürfe zu hören, was ihm verständlicherweise nicht besonders zusagte.

Da er aber auch ein freches Mundwerk hatte, entgegnete er schnippisch mit dem Hochmut der Jugend: „Onkel, was geht dich das an?" Dieser soll daraufhin so erzürnt gewesen sein, dass er dem schweren Lehmboden eine riesige Rübe entriss, um sie mitsamt dem anhängenden Erdreich seinem nichtsnutzigen Neffen nachzuschleudern. „Lass dich hier nicht mehr blicken, bis du ein anständiger Mensch geworden bist", soll er ihm nachgerufen haben.

Dieser sei von der impulsiven und ärgerlichen Reaktion seines sonst so ruhigen und gutmütigen Onkels derart erstaunt gewesen, dass er sich die ganze Sache sehr zu Herzen nahm und beschloss, fürderhin mehr Fleiss und Strebsamkeit an den Tag zu legen. Auf diese Weise wurde aus dem leichtsinnigen Burschen ein strebsamer Student, der es schließlich so weit brachte, dass er das nicht geringe Amt eines Erzbischofes von Salzburg bekleiden konnte. Als Erinnerung an dieses wegweisende Erlebnis aber soll Leonhard die Rübe zu seinem Wappensymbol bestimmt haben.

Wenn auch diese Geschichte durchaus einen wahren Kern haben könnte, so ist die nächste doch sicher in den Bereich der

Sage zu verweisen. Man sagte dem Keutschacher, wie er im Volk allgemein genannt wurde, gewaltige Körperkräfte nach. Einen Ritter, mit dem er in einen heftigen Streit geraten war, soll er, als dieser bei ihm erschienen war, um ihm persönlich den Fehdebrief zu überreichen, mit einer Hand am Kragen gepackt und hoch über dem Abgrund aus dem Fenster gehalten haben. Die Aufforderung, die ganze Sache sofort zurückzunehmen, konnte der vor Furcht zitternde Mann verständlicherweise kaum ablehnen, ohne sein Leben in höchste Gefahr zu bringen. Kleinlaut schwor er heilige Eide, in Zukunft Frieden zu halten, worauf ihn der jähzornige Kirchenfürst wie eine Puppe wieder in den Raum stellte und von dannen ziehen ließ. Man erzählt sich aber, dass der Ritter von Wiesbach, der Wiesbacher, diese Demütigung nicht vergessen konnte und sich nach einiger Zeit mit der Brandschatzung der erzbischöflichen Güter grausam gerächt habe.

Auch Gutes soll der Erzbischof aber getan haben. So findet man an der Südfront der Schlosskapelle auf Hohensalzburg, wo Leonhard fast stets gewohnt hatte, eine Tafel aus rotem Marmor mit der Inschrift:
„HIE GIBT ERZBISCHOVE LEONHARD ZU SALZBURG, GEBORN V. KEUTSCHACH, DEN SEGN ÜBER DAS STIFFT SALZBURGER LANDT. A. D. 1515“.

Nach der Überlieferung geht die Existenz dieser Tafel auf eine Vision zurück, die der Erzbischof einst gehabt haben soll. Auf und ab gehend in seinem Gemach sah er plötzlich seine eigene Gestalt am Fenster stehen mit über das Erzstift segnend ausgebreiteten Händen. Weiter will die Sage wissen, dass er diesen Segen nur gegen das Gebirge hin ausgeprochen habe. Daraufhin sei das Gold aus der Salzach zurückgewichen, weit hinauf in die gewaltigen Tauern. Dort begann man wenig später reiche Goldlager auszubeuten und erreichte dadurch, dass Salzburg für einige Zeit das goldreichste Land Europas war.

Der Birnbaum auf dem Walserfeld

Ein Baum macht Geschichte! So kann man den berühmten Birnbaum auf dem Walserfeld bei Salzburg am besten charakterisieren.

Nach der Sage ist es nicht nur *ein* Baum, sondern eine ganze „Ahnenreihe“ von bisher sieben großen, mächtigen Bäumen, die sich immer wieder fast auf demselben Platz in den blauen österreichisch-bayerischen Voralpenhimmel recken.

Immer wieder entsteht er neu, immer wieder treibt er aus, erzählt Geschichten und regt die Menschen zu Prophezeiungen an.

Aus seinem Holz entstand neben den verschiedensten Gegenständen auch ein Abbild des Kaisers Karl aus dem Untersberg, der in unmittelbarer Nähe mit schroffen Wänden in den Himmel ragt, und so wird hier auch eine Verknüpfung zu diesem berühmten Sagenberg an der deutsch-österreichischen Grenze geschaffen.

Des Baumes erster Samen entsprang grausamen heidnischen Praktiken - so will es die Sage wissen. Sie führt uns in eine Zeit zurück, in der die ganze Gegend von den Römern besiedelt war. Aus dieser Zeit gibt es einiges an historisch belegtem Wissen, aber bei vielem handelt es sich doch um Spekulation und Sagen. So auch die folgenden Ereignisse.

Römische Priester der nahen Stadt Juvavum planten im Morgengrauen die Opferung von zehn unschuldigen Mädchen und Knaben. Eine geheime, blutrünstige Kulthandlung nahm ihren

Der Bimbaum
auf dem Walserfeld

Anfang, als der Germanenfürst Odoaker, der mit seinen tapferen Mannen zufällig in der Nähe Rast gemacht hatte, sich anschickte, weiter gen Süden ins entfernte Italien zu ziehen.

Nach einer erquickenden Nacht erwachten die Krieger durch seltsame und geheimnisvolle Laute in der Nähe. Auf der Suche nach deren Ursprung entdeckten sie die Römergruppe bei ihrem frevelhaften Tun.

Beherzt soll er eingegriffen haben, der germanische Stammesfürst, um die Unschuldigen vor dem sicheren Tode zu retten. Ein blutiges Gemetzel entstand - ob es gelang, die Kinder dem Tode zu entreißen, ist uns nicht sicher überliefert.

Achtzehn Jahre später sollen die Mannen des Odoaker wieder an demselben Ort vorbeigekommen sein auf ihrem Rückzug von Italien, wo ihr Führer bei Ravenna ermordet worden war. An jener Stelle, derer sie sich wohl erinnerten, fanden sie einen prächtigen Birnbaum mit zahllosen süßen Früchten vor. Ergriffen standen die harten Kämpen davor, knieten nieder vor Ehrfurcht und sprachen ein Gebet, bevor sie ihre weite Reise nach Norden fortsetzten.

An diese sagenumwobene Entstehung des ersten Birnbaumes auf dem Walserfeld knüpfen veschiedene Geschichten und Wahrsagungen an.

Das Walserfeld ist eine ebene Fläche, die sich am Fuße des mächtigen Untersberges ausbreitet, nahe dem Grenzgebiet zwischen dem heutigen Bayern und Österreich auf dem Boden der Gemeinde Wals. Es ist eine hektische Gegend daraus geworden, die Segnungen unserer Zeit wie Autobahn, Flugplatz, Straßen und Industrie haben sich breit gemacht. Ruhe, Besinnlichkeit und Geheimnis mögen an diesem Ort nur noch schwer aufkommen.

Trotzdem sollte man dem Baum, der immer noch alleine in den Feldern steht, einmal einen Besuch abstatten.

In einem Viereck aus schweren Steinen, verbunden mit Eisenketten, finden wir neben einer Tafel seinen kräftigen Stamm aus der Erde steigen. Zur Zeit der Baumblüte oder in den Wochen des bunten Laubes können wir vielleicht noch ein wenig vom Zauber dieser symbolträchtigen Stelle nachempfinden - wenn es uns gelingt, einer der wenigen ruhigeren Stunden teilhaft zu werden...

Eine Weissagung erzählt uns, dass der Baum auch das Wahrzeichen „der letzten Schlacht" sei, des endgültigen Sieges des Guten über das Böse. So heftig werde dieser Kampf sein, dass die Streitenden im Blute waten, bevor sie zu Tode erschöpft darinnen niedersinken! Als Zeichen für den herannahenden Kampf soll der Bayernfürst sein Wappenschild daran aufhängen - und niemand wird dieses Zeichen deuten können.

An anderer Stelle wiederum heißt es, dass Ruhe sein wird, solange der Birnbaum kahl und dürr auf dem Felde steht. Sobald er aber anfängt auszutreiben und zu grünen, zu blühen und reiche Frucht zu tragen, dann stehe die grausame Schlacht unmittelbar bevor. Der deutsche Dichter Adalbert von Chamisso hat dieses Bild in einem schaurigen Gedicht in dunkelroten und schwarzen Farbtönen gemalt.

Neben solch erschreckenden und grausamen Vorhersagungen aber zeigt uns der Baum auch das Leben und die Kraft der Natur: Immer wieder ist er der Überlieferung nach gewachsen, immer wieder neu und stark, fruchtbar und saftig.

Sechs Baumleben lang hat er die Gemüter der Menschen beschäftigt, die um ihn herum leben, ihre Phantasie angestachelt, sechsmal ist er den Weg alles Irdischen gegangen und als alter

Baum zusammengebrochen, und doch entstand er immer wieder von neuem, ein Sinnbild der viele Jahrhunderte überdauernden Lebenskraft.

Der letzte Baum vor dem jetzigen war am 7. Mai 1872 in einem Sturm umgestürzt. Man findet heute die oben erwähnte Tafel mit folgender Inschrift: „Hier stand bis 1872 der sagenumwobene Birnbaum auf dem Walserfeld. Menschlicher Unverstand und Sturmgewalt haben seinen jahrhundertealten Stamm gebrochen. In den Sagen um den Untersberg lebt er weiter."

Man hatte damals herausgefunden, dass er nicht eines „natürlichen Todes gestorben", sondern von einem Frevler zu drei Vierteln durchgesägt worden war. Man hat lange gerätselt, wer das getan haben, wer an so etwas Interesse gehabt haben könnte.

Wahrscheinlich war es ein gewisser Johann Wiecherl, Ackerbauschüler aus Klagenfurt, vielleicht in der Umnachtung des Rausches, vielleicht aber auch als politisch-aufrührerischer Akt.

Man hatte ein Tagebuch mit wirren Aufzeichnungen über den Walser Birnbaum aus seiner Feder in der Nähe des Tatortes gefunden - das hatte den Verdacht auf ihn gelenkt. Gestanden hat er aber nie, und so ist es heute noch ungewiss, ob es wirklich Wiecherl war, der - aus welchen Gründen auch immer - den Baum auf dem Gewissen hat.

Schon 1848 wollte König Ludwig von Bayern Grund und Boden mitsamt Baum dem Bauern aus Wals abkaufen, der Besitzer jenes Grundstückes war. Dieser aber ging darauf nicht ein, denn jeder wusste, dass man den Wert des Baumes nicht in Gold aufwiegen konnte.

Aus dem Holz des damals gefällten Exemplars waren verschiedene kostbare kleinere und größere Dinge geschnitzt worden, die heute verstreut in Sammlungen und Museen zu finden sind, unter anderem eine große Schmuckschatulle mit dem Bilde Kaiser Karls und seiner Getreuen, die bekanntlich tief im Untersberg ruhen sollen.

Auch eine große Zahl von Schmuckgegenständen und Dingen des Alltages, wie Becher und Löffel, hatte man aus dem sagenumwobenen Werkstoff gefertigt, denn so ein großer Baum liefert eine beachtliche Menge Holz.

Im Haus der Natur in Salzburg findet man auch noch den unbearbeiteten Wurzelstock. Man sieht, der Birnbaum auf dem Walserfeld hat zu allen Zeiten die Menschen beschäftigt und zum Sinnieren und Spekulieren angeregt.

Der jetzige Baum war drei Jahre nach dem Baumfrevel von einem Salzburger Dichter gesetzt worden und hat sich prächtig entwickelt. Baum und Grund gingen später an die Stadt Salzburg über, und erst 1970 gelangte das Wahrzeichen in den Besitz der Gemeinde Wals, auf deren Boden es sich befindet.

Die Halleiner Zeiserlfanger

Eine recht lustige Begebenheit brachte den Halleinern, ehrbare und fleissige Bürger der schönen Stadt an der Salzach im Süden Salzburgs, einst den Namen „Zeiserlfanger" ein.

Ihr Stadtoberhaupt, ein würdiger und mächtiger und nicht immer nur beliebter Mann, hatte einen Käfig mit so einem munteren Vogerl darin. Es war ein recht großes Bauer, aus einem Holzgerüst und vielen Drahtstäben stabil gebaut.

Wie ein Kirchenschiff hatte es oben eine kleine Kuppel mit einem Türmchen darauf. Man konnte unschwer erkennen, dass es sich um das Vogelbauer eines wohlhabenden Mannes handelte.

Das Zeiserl aber fühlte sich hier offensichtlich wohl, hüpfte von Stange zu Stange, knabberte an den ihm freigebig hineingehängten Samenrispen und erfreute - wie man hört - den Bürgermeister und seine Frau mit seinem fröhlichen Gezwitscher.

Es soll recht zutraulich gewesen sein und sich sogar auf den Finger gesetzt haben, wenn man ihn vorsichtig in den Käfig hineinhielt.

Eines wunderschönen, sonnigen Tages trug es sich aber zu, dass nach einem solchen Spiele die Käfigtüre versehentlich offen blieb. Munter und neugierig, wie unsere kleinen gefiederten Freunde zu sein pflegen, hüpfte das Zeiserl nach einer Zeit auf den Türrand, schaute sich um und stellte erfreut fest, dass man von diesem Punkte aus frei herumfliegen konnte.

Die Halleiner
Zeiserlfanger

Diese Gelegenheit ließ es ich nicht entgehen und flatterte zwitschernd hinaus in das Zimmer.

Und da wegen des sonnigen Wetters auch die Fenster des Raumes weit offen standen, befand es sich auch gleich draussen in der wunderschönen freien Natur.

Es hatte große Freude daran und flatterte hierhin und dorthin und ließ sich zwischendurch auf einem Ast nieder, um sich von der doch etwas ungewohnten Tätigkeit des Fliegens auszuruhen. So verging rasch die Erinnerung an das schützende Gehäuse aus Stäben aus dem kleinen Kopf und es entfernte sich immer weiter vom Haus seines Besitzers.

Doch alsbald bemerkte jener das Unglück und erschrak darob nicht wenig. Er schimpfte und schaute und suchte, doch der kleine Ausreisser war freilich nicht mehr zu erblicken. Da aber ein rechter Bürgermeister ein Mann des Handelns ist, beschloss er sogleich, alle Tore der Stadt sperren zu lassen!

Gesagt, getan: Die Stadtwachen wurden verständigt und streng angewiesen, sofort alle Tore, die dem Vögelchen hätten eine Fluchtmöglichkeit gewähren können, zu schließen. So könne das Zeiserl die Stadt nicht verlassen, und man werde es dann schon irgendwie und irgendwo wieder finden und nach Hause verbringen, dachte der Mann.

Doch hatten die Wachen in der Eile vergessen, eines der Tore, das sogenannte Gampertor, zu verschließen. Und just durch dieses sah man das Tierchen fröhlich hindurchflattern, als man das Versäumnis bemerkt und schnell noch gutzumachen versucht hatte.

Dahinter aber tat sich die große freie Welt auf und nichts konnte den Piepmatz noch daran hindern, sich sogleich dort hinauszuwagen. Voller Lebensfreude schwang er sich in den sonnigen Morgen, flog über den Fluss, über Wiesen und Wälder dahin und genoss seine neue Freiheit in vollen Zügen. So kann man es sich jedenfalls gut vorstellen ...

Es wird nicht mehr berichtet, wie der gestrenge Herr die traurige Nachricht aufgenommen, noch ob er Strenge hat walten lassen, die Verantwortlichen ermahnt und bestraft - oder ob er eher Milde und Güte ob der Lässigkeit seiner Untertanen an den Tag gelegt hat. Es kümmert uns auch nicht weiter, denn wir empfinden Freude mit dem Tierchen, und vielleicht mischt sich auch ein wenig Schadenfreude darunter, dass solch hohen Herren auch einmal ein Missgeschick zustoßen kann...

Die Geschichte aber hatte sich wohl in Windeseile in Hallein herumgesprochen - und seitdem nennt man die Bürger dieser schönen alten Stadt liebevoll-spöttisch die „Zeiserlfanger".

Wie die Barmsteine zu ihrer Form gekommen sind

Sehr hoch sind sie eigentlich nicht, die beiden Barmsteine, die schroff über der kleinen Ansiedlung Kaltenhausen bei Hallein in schwindelnde Höhe aufzusteigen scheinen.

Durch ihre himmelstürmenden Felswände (die ihnen wohl auch den Namen gegeben haben, weil „barme" bei den keltischen Vorfahren Fels geheißen hat) aber wirken sie wie mächtige Türme, die sich über dem schönen Salzachtal wahrhaft elegant erheben.

Und wer schon auf dem Scheitel eines der beiden Felsen gestanden oder gesessen ist, weiß, *wie* hoch sie dem Wanderer erscheinen, der sich auf ihre Gipfel gewagt hat.

Es sind zwei Felsen, die ähnlich der Rückenflosse eines gewaltigen Fisches aus dem Salzachtal aufragen, feindlich für jeden, der - ohne das Zauberwort zu kennen, das auf überraschend einfache Weise den Zugang ermöglicht - sich ihren Höhen nähern möchte. Zwischen den beiden Felsen klafft eine tiefe, enge Senke.

Die Sage erzählt uns, wie diese Senke enstanden ist und die beiden Steine ihre überaus charakteristische Form erhalten haben.

So erfahren wir, dass vor langen, langen Zeiten der ganze Berg ein durchgehender Kamm gewesen sei, der Wache über dem Tal hielt. Wenige nur wagten es früher, die Höhen zu erklimmen, und sie berichteten, dass es dort oben nicht ganz geheuer sei.

Wie die Barmsteine zu
ihrer Form gekommen sind

Eines Tages trieb sich wohl auch der Leibhaftige dort oben herum, räkelte sich in der herrlichen Frühlingssonne und ließ sich die warmen Strahlen auf den schwarzen Pelz scheinen. Es ist ja bekannt, dass der Teufel, die stetige Hitze der Hölle gewohnt, recht fröstelig und kälteempfindlich zu sein pflegt und - wenn er schon auf der Erdoberfläche sich herumtreibt - nach Möglichkeit die Wärme sucht.

Hier oben aber erging es ihm nicht übel, er lag im Sonnenschein im trockenen Gras und spähte über das Tal hin, beobachtete dort unten die winzigen Pünktchen, die sich Menschen nannten und sann genüsslich darüber nach, wie er Ärger und Zwist in diese sonntägliche Ruhe und Harmonie bringen könnte.

Diese nämlich ist dem Gottseibeiuns ein Graus und er sucht sie zu stören, wo er nur irgend kann.

Just in diesem Moment kam ihm eine Prozession in den Blick, eine lange Schlange von frommen Menschen, gläubig und gottesfürchtig ihre Litanei murmelnd, friedlich hinter dem Priester in seinen feierlichen Messgewändern herschreitend. Die Ministranten trugen große Kerzen und das Kreuz, und vier starke Männer hielten sorgfältig die Stangen mit dem Baldachin über die Monstranz.

Die Menge bewegte sich gemessenen Schrittes gegen Oberalm zu, dessen schmucke Pfarrkirche St. Stephan sich über das Dorf und die saftigen Wiesen erhob.

Dieses friedliche und geruhsame Bild verdarb dem Teufel mit einem Male die ganze Laune. Er brummte und knurrte vor sich hin, dass dieser „Betwurm", wie er die Reihe der Gläubigen verächtlich nannte, ihn in seiner bösartigen Freude am Schlechten zu stören wagte. Wenn der Wind in die richtige Richtung drehte, konnte er sogar Fetzen der Liturgie vernehmen - ein

Graus für den Leibhaftigen! Es lief ihm kalt den Rücken hinunter, aber dagegen war sogar er machtlos.

Und ganz plötzlich trug ihm der warme Frühlingswind - um das Fass gänzlich zum Überlaufen zu bringen! - den Geruch des geweihten Rauches aus dem schwingenden Becken, das einer der Ministranten trug, in die Nase, ein Geruch, mit dem man bekanntlich den Teufel zur Verzweiflung treiben kann.

In seiner ohnmächtigen Wut begann er wie von Sinnen auf den harten Fels einzuprügeln, er kratzte und scharrte am Stein, dass ihm die Finger bluteten. Er brüllte vor Zorn, schleuderte Steine gegen das Tal hin, wo die Menschen verängstigt den Blick nach oben wandten, das Kreuzzeichen machten und demütig auf die Knie fielen.

Polternd stürzten Felsblöcke und ganze Bäume hinunter bis zum Fluss, es stank nach Schwefel und Phosphor, es blitzte und donnerte.

So lange wütete er wie blind vor sich hin, bis sich eine tiefe Scharte im Fels gebildet hatte, die tiefe Kluft zwischen dem kleinen und dem großen Barmstein, die die beiden Gipfel seitdem trennt, und die wir in unserer Unwissenheit gerne für ein Ergebnis von Naturkräften zu halten geneigt sind. Dabei ist es doch ein Werk des Leibhaftigen, das sich unseren ungläubigen Augen darbietet!

Seit dieser Zeit sei es auf den Barmsteinen und im Wald darunter nicht mehr geheuer - sagen die Leute. Immer wieder einmal stürzen Felsen und Bäume in die Tiefe, und die alten Männer und Frauen munkeln verängstigt, es sei wieder Luzifer bei seiner teuflischen Arbeit, unzufrieden mit seinem damaligen satanischen Werk...

Das kleine Kirchental

Auf den Höhen über der Salzstadt Hallein finden wir ein kleines Heiligtum, eng an die Felswand geschmiegt, heimelig zwischen dem Stein und direkt über dem rauschenden Kotbach, das „kleine Kirchental".

Seit jeher ist dies eine Stelle, zu der die Halleiner und Dürrnberger immer wieder gezogen sind, um dort Kerzen anzuzünden und die heilige Mutter Gottes um Hilfe zu bitten.

Eine alte Legende erzählt uns die Geschichte, die zur Erbauung der Gedächtniskapelle geführt haben soll. Es sei im Jahre 1677 gewesen, als ein bitterarmer Hütebub die Schafe des Riesenbauern auf die Bergweide führte.

Den ganzen Tag über wanderte er mit den Tieren über die Wiesen und ließ sie das saftige Gras knabbern.

Gegen Abend stellte er zu Tode erschrocken fest, dass er eines der Lämmer verloren hatte. In seiner Angst suchte und suchte er, rief immer wieder den Namen des Tieres, aber es blieb verschwunden.

Ganz dämmerig war es schon und er musste aufpassen, nicht selbst in einen der Gräben zu stürzen, über ungangbare Felsen hinunter in eines der Bachtäler. Auch musste er auf die anderen Schafe und Lämmer achten, dass sich nicht noch eines verlöre.

In seiner Angst aber getraute er sich die ganze Nacht nicht hinunter ins Tal. Inmitten seiner kleinen Herde blieb er auf dem

Das kleine
Kirchental

Boden hocken und tröstet sich an der Wärme der Tiere. Immer wieder betete er zur Muttergottes, flehte sie an, ihm zu helfen, immer und immer wieder...

Und nun sei ein großes Wunder geschehen, berichtet uns die Legende: Plötzlich sei die heilige Jungfrau vor ihm gestanden, gewandet in weite und wallende Tücher, mit einem gütigen Lächeln und dem verloren geglaubten Lamm in den Armen.

Sie legte es behutsam in die seinen und verschwand ohne ein Wort so rätselhaft, wie sie erschienen war. Überglücklich kuschelte sich der Junge an das zitternde, ausgekühlte Jungtier, selbst noch ganz verstört und fröstelnd. Bald wurde beiden warm und sie schliefen aneinandergeschmiegt, bis die ersten Sonnenstrahlen sie im Gesicht kitzelten.

Zurück ins Tal gekommen erzählte der Hirtenknabe sein Erlebnis dem Bauern, der sich schon Sorgen gemacht hatte. Obgleich er ein gestrenger Herr gewesen sein muss, bestrafte er den Jungen nicht für sein Missgeschick, da ihn die Geschichte doch sehr anrührte und er im Grunde seines Wesens ein gütiger und frommer Mann war.

Sogleich ließ er an der Stelle der Erscheinung die beschriebene Gnadenkapelle errichten, die über Jahrhunderte immer wieder zum Ziel vieler Gläubiger und Hilfesuchender wurde.

Und als die Kapelle vor einigen Jahrzehnten bis auf die Grundmauern niederbrannte, wurde sie bald wieder aufgebaut, diesmal etwas weiter bachaufwärts, um sie besser zu sichern.

Von der Ruine Thürndl

Lange Säumerzüge zogen in alten Zeiten über die Straßen und brachten ihre wertvollen Frachten durch das Land an ihr jeweiliges Ziel.

Starke Rösser zogen die schweren Gespanne, die polternd und holpernd über den schlechten und steinigen Belag damaliger Landstraßen rollten.

Derbe Fuhrknechte führten die Tiere, immer wieder hallten ihre Schreie den Zug entlang. Begleitet wurden diese Lastzüge meist von Bewaffneten, die ihren Schutz gewährleisten sollten.

In der Gegend um Hallein waren es besonders Fässer mit Salz, dem weißen Gold, das auf diese Weise transportiert wurde. Gefährlich aber war es zu diesen Zeiten auf den Straßen und Wegen.

Einsam führten sie durch ausgedehnte Wälder, in denen neben wilden Tieren, vor allem Bären und Wölfen, immer wieder auch Straßenräuber ihr Unwesen trieben.

So lag bei Hallein, oberhalb der wehrhaften Stadt und ihrer starken Mauern, auf den Felsen die Raubritterburg Thürndl.

Wie so manch andere Wehranlage diente sie ihrem Herrn einzig und alleine dazu, ihm Schutz und Sicherheit zwischen seinen Raubzügen zu bieten. Diese hatten das Ziel, die von anderen Menschen erarbeiteten Reichtümer rücksichtslos in den Besitz des Ritters zu bringen, der zu diesem Zweck auch nicht vor brutalen Morden zurückschreckte.

Von der Ruine Thürndl

Die Lage der Ritterburg war so geschickt gewählt, dass der Herr von Thürndl die Straßen, die zur Stadt Hallein führten, bequem kontrollieren und sich so ganz nach Lust und Laune bedienen konnte. Die tiefen, undurchdringlichen Wälder, schroffe Felsabbrüche und die wehrhaften Burgmauern machten es außerordentlich schwer, ihm wie so vielen ähnlichen Verbrechern das Handwerk zu legen.

Die Menschen in den Säumerzügen versuchten sich zu schützen, so gut es eben ging.

Viele Pferde, schwer bewaffnete Begleiter und der lebenswichtige Rat, Wege und Stege nie zu verlassen, waren die nicht immer ganz sicheren Mittel dazu.

So wird eine Sage erzählt, die zuerst den tapferen Säumern das Leben kostete, dann aber durch einen Fluch doch den gewissenlosen Raubritter ebenfalls um Gut und Leben brachte.

Als edler und freundlicher Ritter gab er sich oft aus, der grausame Herr von Thürndl. So gewann er das Vertrauen der Handelsleute und konnte sie besser ins Verderben führen, eine alte und immer wieder bewährte List, die gekonnt die Gutgläubigkeit vieler Menschen aufs Gewissenloseste auszunutzen verstand.

So auch hier, als Thürndl einen großen Säumerzug, der sich auf Hallein zubewegte, mit Hilfe dieser List erfolgreich täuschte. Sein scheinbar freundliches Wesen, seine guten Manieren, das wunderschöne, silbern beschlagene Schwert und das edle Pferd, auf dem er ritt, erweckten Vertrauen und so ließen ihn die Säumer mit sich ziehen.

In der Unübersichtlichkeit des dichten, damals noch urwaldartigen Waldes gelang es ihm dann, den Zug trotz aller Vorsicht der Männer in die Irre zu führen. Dankbar waren sie in diesem wilden Gebiet seinen offensichtlich ortskundigen Anweisungen gefolgt, die - so hatte er es ihnen immer wieder vermittelt - ihrem Schutz vor gewalttätigen Straßenräubern dienen sollten.

Als sie sich endlich weit weg von jeder Siedlung befanden und jeder Hilfeschrei ungehört im Dickicht verhallen musste, brachen plötzlich die versteckten Männer des Ritters aus dem Gebüsch und meuchelten und mordeten wahllos alles was sich bewegte nieder, um den Zug und seine wertvolle Last in ihre Gewalt zu bringen.

Die Säumer und ihre Begleiter hatten trotz ihrer ordentlichen Bewaffnung keinerlei Chance gegen die bestens ausgerüsteten und brutalen Kriegsknechte, und so lagen bald alle in ihrem Blut am Boden verstreut.

Ein frommer Pilger, der sich ebenfalls dem Zug angeschlossen hatte, stieß noch im Todeskampf einen fürchterlichen Fluch aus und prophezeite das baldige Ende des Mörders und seiner Helfer.

Angesichts so viel Grausamkeit erscheint es uns ein wenig tröstlich, dass der Fluch sich in diesem Falle bald erfüllen sollte, fremde Krieger die Burg angriffen und es ihnen gelang, die Bewohner allesamt zu töten und die Burg selbst mit all ihren Wirtschaftsgebäuden und Stallungen fast vollständig niederzubrennen. Auch diese ließen allerdings kaum weniger Grausamkeit walten, so wie dies in jenen Tagen wohl üblich war!

Nur einige Ruinenreste blieben von der Burg des grausamen Ritters Thürndl zurück und erinnerten noch lange an die schlimmen Zeiten.

Das Marienbild am Dürrnberg

Es begab sich vor etwa vierhundert Jahren, dass ein Salzburger rasend vor Eifersucht und Zorn über einen guten Freund die schlimme Tat beging, diesen zu erschlagen.

Wenn er sein Tun auch gleichwohl sofort zutiefst bereute, als er den Toten vor sich liegen sah, so war dies Unglück doch geschehen und - wie so manches im Leben - nicht mehr rückgängig zu machen.

So kam es, dass all sein Wehklagen ihm nichts half, er alsbald festgenommen, dem Richter vorgeführt und zum Tode verurteilt wurde. Man warf ihn in den Kerker und er musste dort elend auf den Moment seiner Hinrichtung warten. Gar vielerlei Gedanken gingen ihm während dieser Zeit durch den Kopf, denn von Natur aus war er zwar aufbrausend und recht leicht in Zorn zu bringen, von seinem Wesen her aber doch kein schlechter Mensch.

Nachdem er nun erkannt hatte, dass bald sein letztes Stündlein schlagen würde und er daran nichts mehr zu ändern vermochte, wollte er noch eine gute Tat vollbringen und begann an einem Marienbilde zu arbeiten. Er war nämlich ein recht begabter Holzschnitzer und hatte schon so manches schöne Werk gefertigt.

Die Arbeit an diesem Bild erleichterte ihm den quälenden Aufenthalt in der elenden Zelle bei Wasser und Brot.

Er konnte über Stunden sein Leid vergessen und schnitzte mit Inbrunst und Hingabe am Bild einer wunderschönen Mutter-

Das Marienbild
am Dürrnberg

gottes mit ihrem Kinde im Arm. Über ihren Köpfen fertigte er einen großen Strahlenkranz und die Haare der heiligen Jungfrau Maria fielen lockig wallend über ihre fließenden Gewänder.

Während der Arbeit an diesem Kunstwerk sprach er oft vor sich hin, richtete Worte an die Muttergottes und seinen toten Freund, die er wohl tausendmal um Vergebung anflehte. Tiefe Reue und Zerknirschung durchdrangen den Mann, der sich der Frevelhaftigkeit seines Tuns schmerzlich bewusst war.

So vergingen die Tage und die Stunde seiner Hinrichtung rückte immer näher. Fieberhaft arbeitete er, um das Bild noch fertigstellen zu können.

Und tatsächlich gelang ihm dies durch seinen übergroßen Fleiß und die hingebungsvolle Ausdauer. Als er das Bild in seiner ganzen Schönheit und Vollendung betrachtete, überkam ihn eine große Müdigkeit und er sank in einen tiefen, todesähnlichen Schlaf.

Nun aber war der Zeitpunkt seiner Hinrichtung gekommen und ein Priester wurde in seine karge Zelle gelassen, um ihm die letzte Wegzehrung zu bringen. Er fand den jungen Mann tief schlummernd und regungslos, aus seinen verhärmten Zügen sprachen echte Reue und Demut.

Der Geistliche betrachtete ihn lange und nachdenklich und wünschte, Gott würde ein Zeichen geben und Milde walten lassen.

In diesem Moment hörte er plötzlich in den langen Gängen hallende Schritte, leise Stimmen und das Klirren von Schlüsseln an einem großen Schlüsselbund. Quietschend dreht sich der Schlüssel erneut in dem Schloss, das sich vor wenigen Minuten erst hinter ihm geschlossen hatte, und ächzend öffnete sich die schwere, eisenbeschlagene Holztür.

Ein edel gewandeter Herr betrat den armseligen, nur mit einer trüben Funzel beleuchteten Raum, hinter ihm war das grobe und unbeteiligte Gesicht eines Kerkerwärters zu erkennen. Erstaunt blickte der Priester auf und sah, dass der vornehme Mann ihm ernst aber freundlich zunickte.

Es war kein Leichtes, den Schlafenden zu erwecken - und nachdem es gelungen war, dauerte es noch eine geraume Zeit, bis er ganz zu sich kam. Plötzlich durchfuhr es ihn und er erkannte den Richter, der ihn vor Wochen zum Tode verurteilt hatte.

Heftig richtete er sich auf seinem Strohlager auf und blickte den Gestrengen überrascht und erwartungsvoll an.

Dieser sprach einen kurzen Gruß und verkündete ihm dann, er sei vom Landesherrn begnadigt worden. Tränen schossen in die Augen des Delinquenten, er konnte zuerst nur unverständliche Worte stammeln. Dann fiel er auf die Knie und richtete ein inbrünstiges Dankgebet an die gnadenvolle Muttergottes.

Man entließ ihn sogleich aus dem Kerker und das von ihm gefertigte Marienbild wurde dem Erzbischof Wolf Dietrich von Raitenau überbracht.

Dieser beschloss ergriffen, das Gnadenbild in der von ihm selbst in Auftrag gegebenen Wallfahrtskirche „Zu unserer Lieben Frau“ auf dem Dürrnberg aufstellen zu lassen, was alsbald geschah.

Ruine Guetrat und Schloss Rif

Auf einem nach drei Seiten fast senkrecht abfallenden Felsen hoch über dem Salzachtal finden wir noch heute die Reste einer mächtigen Burganlage.

Sie war einst die Heimstatt derer zu Guetrat, einem lange Zeit bedeutenden Adelsgeschlecht, Ministerialien und Dienstleuten des Erzbischofs von Salzburg.

Weit geht der Blick von der Ruine hin über den Fluss, auf die nahe Stadt Hallein und das hügelige Land mit den hohen Bergen am Horizont.

Ein idealer Ort, um alles im Blick zu haben, was sich „da unten" abspielt, wohl geeignet, schützende Macht auszuüben - aber auch Schlimmes konnte man von dort aus planen, Salzzüge überfallen und Salzachschiffe kapern und ihre wertvolle Fracht rauben.

Ursprünglich war die Burg Guetrat vom Erzbischof zu Schutzzwecken errichtet worden, die Sage erzählt aber, dass es unter den Herren von Guetrat auch Raubritter gegeben habe, vor deren Adlerauge nichts und niemand auf Straße und Fluss zwischen Salzburg und Hallein sicher gewesen sei.

Mit großer Kaltblütigkeit seien sie mit ihren Knechten ins Tal gestürmt und hätten die Säumerzüge überfallen, alles gemordet und die Ware an sich gerissen.

Zum Flusse hin hat nach diesen Überlieferungen eine unterirdische Verbindung bestanden, ein kilometerlanger Gang hin-

Ruine Guetrat
und Schloß Rif

unter zum Schloss von Rif, das nahe der Salzach lag. Dorthin hätten sich die Räuber begeben, wenn sie auf dem Fluss eines der zahlreichen Salzschiffe kommen sahen. Sie schlichen sich hinterlistig an, überfielen die Kähne, meuchelten die Schiffsleute und plünderten alles.

Eine Zeit lang ereignete sich dieses böse Spiel recht oft, bis dem Erzbischof der Geduldsfaden riss und er ein mächtiges Kriegsheer nach Süden schickte, um dem Spuk den Garaus zu machen. Innerhalb kürzester Zeit sei es ihm gelungen, das Raubnest unschädlich zu machen, die Bewohner samt und sonders zu töten und die Anlage zu schleifen.

Die Ruine, deren Reste wir heute noch auf dem Felsen erblicken können, war alles, was übrig blieb. Die Burgherren aber hätten im Grabe keine Ruhe gefunden, munkelte man. Sie hätten finstere Rache geschworen und seien auf den Gedanken gekommen, in das Gemäuer neun Kegel und zwei Kugeln zu verbringen.

Da diese Gegenstände aus purem Gold sind, wurde mit der Bewachung ein Gespenst beauftragt, das nun immer wieder in den Trümmern spukt. Jede Nacht soll es sein Unwesen treiben, erzählt man sich, die Kugeln über die lange Bahn rollen und unheimliche Schreie vernehmen lassen, polternd die Kegel umstürzen.

Es warte dort oben seit Jahrhunderten auf Mutige oder Leichtsinnige, die es wagen, eine Partie mit ihm zu kegeln.

Wer dieses Spiel gewönne, der sei von Stund glücklicher Besitzer der goldenen Gegenstände, wer es aber verlöre, müsse erbarmungslos sterben - nicht unbedingt ein Anreiz, sich in die unheimlichen Gemäuer zu wagen!

Nachdem auch in unseren Tagen ängstliche Gemüter immer wieder einmal von geheimnisvollen und furchterregenden Geräuschen berichten, die in hellen Vollmondnächten aus der Ruine dringen, einem dumpfem Rollen und gefolgt von einem hellen Klirren, dazu ein gar fürchterliches Jaulen und Heulen, das in Fetzen über die Baumwipfel getragen werde, müssen wir annehmen, dass sich bisher noch niemand gefunden hat, der ein Spiel gegen das Gespenst gespielt oder gewonnen hätte.

Aber wer weiß, ob nicht manch ein Vermisster in der Ruine auf immer verschwunden ist.

Vielleicht findet sich ja doch noch ein Wagemutiger, dem das Glück hold ist, damit der Spuk irgendwann einmal zur Ruhe kommt?

Die Bergmännlein verlassen das Salzgebirge

Von Berchtesgaden bis Hallein erstreckt sich das hügelige, waldbestandene Haselgebirge mit seinen reichen Salzlagern.
In den Bergwerken von Dürrnberg und Berchtesgaden, die unter der Erde auch miteinander in Verbindung stehen, werden diese Schätze der Natur seit langem ausgebeutet.

Die Bergknappen sind - wie überall auf der Erde - eine ganz eigene Bevölkerungsgruppe mit eigenständigen und charakteristischen Traditionen und Sagen. Immer wieder kommen hierin die Bergmännlein vor, ein Völkchen von Zwergen, welche früher die finsteren unterirdischen Bergwerksgänge bewohnten und dort ihrem emsigen Treiben nachgingen.

Wenn sie auch manchmal den Menschen einen Streich spielten, so waren sie ihnen doch im Grunde wohlgesonnen und erwiesen sich oft als recht hilfsbereit.

So erging es auch den Bergleuten in Dürrnberg. Uhren waren zu jenen Zeiten ein Luxusgegenstand, den sich die meist in ärmlichen Verhältnissen lebenden Knappen und ihre Familien nicht leisten konnten. Dies führte dazu, dass der frühe Beginn der Arbeitsschichten, der den größeren Teil des Jahres über noch in tiefer Nacht lag, von den Männern oft einfach verschlafen wurde. Wenn sie dann aber verspätet ihre schwere Arbeit in den finsteren und ungesunden Stollen antreten wollten, kam es gar nicht so selten vor, dass eines der Bergmännlein die Schicht schon vollendet hatte.

Aus diesem Grunde schätzten die Bergwerksarbeiter diese kleinen, emsigen Helfer sehr und trachteten auch danach, dass ih-

Die Bergmännlein
verlassen das Salzgebirge

nen kein Leid geschehe. Es gab sogar so etwas wie ein ungeschriebenes Abkommen zwischen ihnen.

Den Oberen in Hallein und Salzburg aber war es ein Dorn im Auge, dass die Arbeiter immer wieder zu spät an ihre Arbeitsplätze kamen, und sie sannen auf Abhilfe.

Man erzählt, dass man zur Zeit der berühmten Kaiserin Maria Theresia ein probates Mittel gefunden habe. Von der Herrschaft wurde angeordnet, dass nach dem fünften Glockenschlag des Frühläutens ein gewaltiges Weckgeläute beginnen solle. Damit sollte jeder Knappe, der das Aufwachen verpasst hatte, aus dem Schlaf gerissen werden.

Die das befohlen hatten, kümmerten sich natürlich in keiner Weise um die Bergmännlein. Den kleinen Männern jedoch jagte das gewaltige Geläute einen fürchterlichen Schrecken ein. Es entstand eine große Unruhe unter ihnen und sie huschten in großer Zahl in den engen und langen Stollen verschreckt umher.

Als die ersten Knappen ins Bergwerk kamen, vertraute einer der Gnome sich dem ältesten Steiger an - es bestand nämlich zu dieser Zeit durchaus immer wieder einmal Kontakt zwischen den Menschen und den Zwergen. Der Steiger erzählte dem Wichtel, dass dieses Geläute durch die Obrigkeit verordnet worden war, weil die Arbeiter immer wieder den Schichtbeginn verschlafen hätten. Man könne leider dagegen auch rein gar nichts unternehmen.

Das Bergmännlein zeigte sich darauf sehr traurig und meinte, dass die Menschen und die Zwerge fortan wohl unterschiedliche Wege gehen müssten. Sie seien dem Heiland der Menschen zwar durchaus geneigt, dürften ihn aber nach ihren eigenen Gesetzen nicht in der Art der Christen verehren.

Mit diesen Worten verschwand das Männlein und ließ den erstaunten Steiger nachdenklich zurück. Seit diesem Zeitpunkt aber - so wird erzählt - habe man in den Bergwerksanlagen nie wieder eines der Bergmännlein gesichtet und nie mehr sei die Arbeit eines Menschen von einem Zwerg getan worden.

Es gibt aus neuerer Zeit noch eine andere Sage von den Bergmännlein, die hier kurz wiedergegeben werden soll. Zu Anfang unseres Jahrhunderts erst habe es sich eines Nachts ereignet, dass eine große Anzahl von Zwergen aus dem bayerischen Teil des Salzgebirges über die Grenze beim Neuhäusl gekommen seien. So klein waren die Männlein, dass sie unter dem zu dieser Tageszeit verschlossenen Schlagbaum einfach hindurchschreiten konnten. Sie wurden auch von Menschen gesehen und richteten Worte an sie mit einer eigentümlich hohen und schrillen Stimme und in einer Sprache, die keiner verstehen konnte.

Sie schickten sich offensichtlich an, in der Dürrnberger Kirche um Mitternacht ein Hochamt zu feiern. Dies lockte eine Anzahl Menschen aus der Umgebung herbei, die das beobachten wollten. Die Zwerge aber verschlossen die Kirchentüren so fest, dass niemand Einlass erlangen konnte.

Da die Menschen aber neugierig waren, holten sie Leitern aus ihren Häusern und lehnten sie an die Wand des Kirchenschiffes, kletterten hinauf und versuchten, durch die Fenster Einblick zu gewinnen.

In diesem Augenblick aber sei mit einem Schlage alles dunkel und still geworden und niemand konnte mehr irgendetwas sehen oder hören.

Von diesem Zeitpunkte an seien die Bergmännlein in der Gegend nicht mehr gesehen worden.

Der Putzgauch

Bezaubernd liegt die Leprosenkapelle auf einer Waldlichtung am Fuß des großen Barmsteines: ein schlanker, hochaufgerichteter schlichter Steinbau mit steil abfallendem Dach und einem winzigen Türmchen darauf.

Hinter der Apsis des Kirchleins schwingt der steil abfallende Wiesenhang in eine sanfte Mulde aus. Das direkt daneben liegende Leprosenhaus bildet mit der Kapelle eine schöne Einheit.

Ob die früheren Bewohner dieses Anwesens das allerdings so romantisch gesehen haben, ist zu bezweifeln: armselige, hoffnungslose Leprakranke, die so weit als möglich aus den Ansiedelungen der gesunden Bürger verbannt worden waren und hier ihr dürftiges Leben fristeten.

Trotzdem stammt aus der unmittelbaren Umgebung dieser beiden Häuser eine eher lustige Geschichte, die Sage vom Putzgauch.

Schon sein Name ist gleichermaßen belustigend wie furchteinflößend.

Es soll ein grün gewandetes Männlein gewesen sein, ein Waldgeist oder Baumkobold, der nie den schützenden Waldrand verlassen hat. Mal war er winzig klein wie ein Pilz, dann wieder blähte er sich auf bis auf Baumeshöhe.

Man erzählt sich, dass es seine größte Freude war, die Kinder zu ärgern, zu tratzen und ihnen Streiche zu spielen, die man-

Der Putzgauch

ches Mal schon recht derb waren. Etwas Ernsthaftes sei aber nie passiert, weiß die Sage zu berichten.
Er lauerte in den Büschen und Bäumen den Kindern auf, die wohl immer wieder beim Spielen vom nahen Kaltenhausen herauf in die wunderschönen Wiesen gerieten.

Wer weiß, vielleicht war es auch eine Art Mutprobe, die die Kleinen immer wieder die Gegend aufsuchen ließ, wo der Putzgauch sich aufhalten sollte?

Wenn die Mädchen und Jungen dann bei ihren manchmal ziemlich wilden Spielen zu nahe an den Waldrand gerieten, fuhr plötzlich ein jäher Windstoß durchs Geäst.
Es knisterte und knackte, die Luft verfinsterte sich und ein eisiger Hauch fuhr durch die Stämme des Waldes hinaus auf die Wiesen.

Erschrocken und kreischend rannten die Kinder dann hinaus aus dem Wald, hin zur Lichtung, die ihnen Sicherheit versprach - denn ausserhalb des Waldes wurde der Putzgauch nie gesehen. „Der Putzgauch, der Putzgauch!" schrien sie - und es ist gar nicht ganz unwahrscheinlich, dass sie ihn - wie sie es ja auch mit den Perchten immer wieder tun - ganz absichtlich zu ärgern versuchten.

Wenn sie dann durch die Bäume hasteten, bogen sich plötzlich Wurzeln nach oben, stacheliges Gestrüpp stellte sich in den Weg und viele stürzten, zogen sich Schrammen und blaue Flecken zu. Das alles machte der Putzgauch, dieser derbe Geselle...

Manch einer hat ihn beschrieben, sah ihn nach so einer Attacke am Waldesrand an einem Baumstamm lehnen oder auf einer Wurzel sitzen, die Beine vergnügt übereinandergeschlagen. Grüne Beinkleider und grüne Schuhe habe er getragen und ein grünes Wams dazu.

Sein Gesicht war grob und etwas einfältig, ein wilder Bart umrahmte die kleinen Schweinsaugen. Auf dem Kopfe wuchsen ihm Gräser, in der Hand hatte er meist einen Zweig, mit dem er hocherfreut in der Luft herumwedelte.

Wenn die Kinder purzelten und schrien und die kleineren auch schon mal weinten, dann saß er da und lachte und lachte, dass es weithin hallte.

Die Mütter aber - früher wie heute stets besorgt um ihre Kleinen - wiesen die Kinder immer wieder an, nicht mehr dorthin zu laufen, wenn sie wieder einmal verschrammt und zitternd mit erhitzten Gesichtern aus dem Wald zurückkamen und bei den kleinen die letzten Tränen noch über die Wangen kullerten.

Wahrscheinlich wirkte das auch eine Zeit lang - bis die Neugierde wieder reizte und der Waldrand unter der Leprosenkapelle gar zu sehr lockte.

Und dann ging das Spiel von neuem los.

Das war eben der Putzgauch...